赤い月の香り

千早茜

集英社

contents

赤い月の香り

1
New Moon

音が消えた。

身体のどこかが必ずぶつかる狭い厨房《ちゆうぼう》から、ランチタイムの騒がしい店内に一歩出た瞬間、ふつ、と音が吸い込まれたように感じた。

短髪の、一人の男に。

捉えどころのない表情に、どことなく淡い色の髪。てらてらしたビニールの赤いギンガムチェックのテーブルクロスがかかった安っぽいカフェで、その男の周りだけ青い夜の気配がただよっているように見えた。

白い月が浮かぶ。薄くて、透けそうな、乾いた骨の切片みたいな細い月。

突然、皿を持つ腕に衝撃があった。と、思う間もなく、耳障りな音が折り重なるように響いて視界が乱れた。熱い飛沫《しぶき》がズボンと靴下に飛び、何かの食器が砕け散り、銀の盆がわんわんと床で踊る。俺の皿の料理は宙を踊りかけたが、かろうじて元の場所に戻った。

「失礼しました!」

反射的に叫ぶ。俺にぶつかってきたホールの女の子は小さく悲鳴をあげただけで何も言わない。食後のコーヒーを運んでいたのか、床には黒い液体がぶちまけられ、白い陶器の破片が散らばっていた。謝罪の言葉を求めて俺が見ると、女の子は肩を縮めて後ずさった。目に怯《おび》えがあった。しまった、と思う。目つきが怖いと陰口を叩かれていたのに、またやってしまった。

店内のあちこちで、かたちだけといった体《てい》の「失礼しましたー」の声があがり、カウンターの中からやってきた店長が「なに、やってんだよ」と舌打ちしながら言った。女の子が弾かれたようにモップを取りに走る。やはり謝らない。

「や、ぶつかってきたのはあっちで……」

「違うでしょ、なんで朝倉《あさくら》くんがホール出てくるの」

店長が口をひらくたび、ねちねちと唾液が鳴る。この喋り方が苦手でなるべく近くに寄らないようにしているのに。顔を背けると、「なんでって訊《き》いてるんだけど」と距離を詰めてきた。コーヒーがかかった足首がひりひりする。火傷《やけど》したかもしれない。

「手が足りないからテーブルに持っていってと言われたんですけど」

「誰に」

誰だっただろう。盛りつけをしていて顔は見ていないが、男の声だった。声の主を探そうと店内を見回すと、大学生バイトたちがさっと目を逸《そ》らした。

「五番テーブルにって……」

「だから、誰に」

店長の片足が床を小刻みに叩く。コーヒーカップの破片がひとつ、靴先にぶつかって転がっていった。

「勝手なことしないで、ほんと」

わざとらしく溜息《ためいき》をつく店長の肩越しに、大学生バイトたちがちらちらと目配せをして笑っているのが見えた。かっと皮膚の裏が熱くなった。

考える間もなく、「おい」と怒号がもれた。駄目だ、と思うが止められない。「おまえら、また――」口が勝手に動き、肩に力が入る。赤く染まっていく視界の中で、店長の顔が強張《こわば》る。畏怖の眼差《まなざ》し。いけない。やめろ。この視線を向けられた後にやってくる苦い味を知っているのに。

その時、テーブルがすごい音で鳴った。店の隅っこのテーブルに両手を置いたまま、黒ずくめの男が勢いよく立ちあがる。椅子が仰向けに倒れ、また派手な音が響き、店内が完全に静まり返った。

黒ずくめの男は気にした素振りもなく「あれ」と振り返り、椅子の背を摑んで立て、「それ」と俺のほうを見た。

「それさあ、俺らのじゃねえの」

指に挟んだ煙草で、俺の両手にある皿を指す。店長がぎょっとして「あ、あの……お客さま、お煙草は……」と言ったが、男の「ああ?」で目をさまよわせた。黒の革ジャンに、細身のパンツ、尖った革靴。背が高く、威嚇するように身体を斜めにしている。

「知ってるって、禁煙だろ。ちゃんと見ろよ、火ぃ点いてねえし」

テーブルの上のライターを白々しくポケットに隠す。

「つーか、そんなことより、飯さっさと持ってきてくんない？　俺、めちゃくちゃ腹へってんだけど」

早くしろ、と言うように顎をくいっとあげる。「あ、はい！　ただいま！」と店長が俺を肘で小突いた。黒ずくめの男が叩いたテーブルが五番だった。最悪だ、と思う。

黒ずくめの男の向かいには、さっき目をひかれた短髪の男が座っていた。マネキン人形かと思うほどに微動だにしない。音をたてて椅子に座る黒ずくめに、静かだがはっきりした声で「うるさい」と呟《つぶや》いた。

それが合図のように店内にざわめきが戻る。店長はそそくさとカウンターに戻り、店員も客も五番テーブルと俺を見ないようにして手や口を動かしはじめた。皿とカトラリーの擦《こす》れる音の中、二人のテーブルに近付く。

二人は同じ歳《とし》くらいに見えた。二十代後半か三十代前半くらい。けれど、友人同士にも会社の同僚にも見えない。黒ずくめの男なんか明らかにヤクザの下っ端だ。ふてくされた顔をして脚を組み、椅子をぎしぎし揺らしている。短髪の男は無表情のまま座っていた。姿勢は良くも悪くもない。オーバーサイズの白シャツ一枚に、ベージュのパンツ。暖房が効いているとはいえ、見ていて寒くなるほどの薄着だ。坊主に近い短髪はなめらかな茶色で、背後の曇った窓ガラスのせいで輪郭すらぼやけて見えた。空の端にかかった消えかけの月が、また浮かんだ。

「パスタセットはどちらでしょうか」

からからになった口で言うと、黒ずくめが「俺、俺」と片手をあげた。日替わりのガレットを短髪の男の前に置こうとすると、その人はふっと顔をあげた。「それも彼に」と遮られる。もうスパゲッティをすすっていた黒ずくめが「はあ？」と大きな声をあげる。「そんなに食えねえし」

「空腹なんだろう」

「お前が頼んだんだろ！」

「僕が外食できないことはよく知っているはずだ」

「棒棒鶏《バンバンジー》ガレットなんて意味わからんもん食いたくねえよ！　なんでわざわざ頼むんだよ！」

黒ずくめの怒鳴り声が響き、日替わりガレットを考案している店長が傷ついた顔をした。今週は二軒隣に新しくできた中華料理屋に対抗すべく中華風ガレットをだしていたが、厨房スタッフからも客からも評判は芳しくなかった。今日の棒棒鶏なんて季節も合っていない。

俺はガレットの皿を手に持ったまま、言い合いをする二人の間で呆然《ぼうぜん》と立ち尽くしていた。とはいえ、喚《わめ》いているのは黒ずくめの男だけで、短髪の男は表情も口調も静かなままだった。

また、吸い込まれるように音が遠のく。

ふいに、短髪の男が俺を見た。

「この職場は君に合っていない」

「なんだ、いきなり」と、黒ずくめの男がなぜか俺の心の声を代弁してくれた。「お前さあ、順序ってもんがあんだろ」

黒ずくめ男を無視して、短髪の男は続けた。

「緊張や不安といったストレスがかかると、皮膚からガスが発生する。いわゆるストレス臭といって、硫黄化合物系の、一般的には不快な臭いだ。ここはそれが充満している。メニューのセンスの問題以前に、食事をする環境ではない。それに」

短髪の男は俺を見たまま言った。けれど、その目はどこか遠くを映していて、首の後ろがぞくっとするような奇妙な浮遊感をもたらした。

「君からは怒りの匂いもする。アドレナリンが分泌されて血圧があがっている。戦闘態勢に入った体臭は他者の攻撃性を誘発する。悪循環だ」

胸ポケットから細い銀縁の眼鏡を取りだしてかける。音もなく立ちあがり、テーブルにそっと片手を置いた。俺はただその動きを目で追うだけだった。

「うちで働くといい。業務内容は家事手伝い、兼、事務、接客といったところだ。こちらから勧誘するんだ、報酬ははずむよ。わからないことはこの新城《しんじょう》に訊いてくれ」

「おい、朔《さく》！　ちょっと待てって、こいつ男じゃん！」

新城と呼ばれた黒ずくめ男がフォークを振りまわす。

「ゆっくり食べろ。僕は車で待っている。ここの匂いはもう限界だ。まだ新城の煙草臭のほうが耐えられる」

　白い紙片を残して歩き去っていく。

　すれ違った瞬間、香りがたった。香水でも、柔軟剤でもない、瑞々《みずみず》しい野菜や果実を切った時のような匂いがした。苦みを帯びた、青いひんやりした粒子が鼻先で弾け、吸い込むと苔《こけ》や根を思わせる深い余韻となって胸の奥に落ちていった。

　思わず、振り返る。香りは糸を切るようにふっつりと途絶え、あんなにも独特だったはずなのにもう思いだせなかった。テーブルに皿を置き、残された名刺に手を伸ばす。

　——la senteur secrète
　表にはそれだけしか書かれていなかった。そっと鼻に近付けると、印字された文字がぼやけた。インクの湿っぽい匂いと先ほど嗅いだ香りが混じり合っている。空気中に散った調理油やランチ用の煮つまったコーヒー、客の化粧品や整髪料、汗、エアコンで乾いた頭皮、店内の猥雑《わいざつ》な匂いが遠くなる。何者をも寄せつけない、凛《りん》とした孤独を保つ香りだと思った。

　なぜか、じくりと胸が疼《うず》いた。

「あの、これ、どこの香水ですか？」

　訊くと、黒ずくめ男はわずかに口をひらいて俺を見た。仕方なく、というように「香り」と訂正した。「香水じゃなく香り」

　あっという間に空にしたパスタ皿を押しやり、フォークで名刺を指す。

「その香りは」と、長めの前髪の隙間から濃い二重の目が俺を睨《ね》めつけた。

「どこにも売っていない。この世にひとつだ。あいつにしか作れない。うちはそういう香りを作っている」

香水と香りはどう違うのだろう。もう一度、名刺の匂いを深く吸い込んだ。かすかに触れた鼻先から、しんとした気配が浸み込んでくるようだった。

「なんの香りですか」

問うと、「あいつに訊け」と面倒臭そうな答えが返ってきた。


月の荒野にいる夢をみた。

そこは眩《まぶ》しくも暗くもなく、どこまでも白く乾いていて、静かだった。月面は音のない世界なのだと気付く。ああ、と息がもれる。ここにくれば良かったんだ、と思う。月にいれば、月は追ってこない。赤く燃えて迫ってくることはない。もう逃げなくていい。

さらさらと冷たい砂地に座り込む。砂粒はかすかに光っていた。あちこちに骨の欠片《かけら》のようなものが埋もれている。ひとつだけ、持ち帰ろうと手を伸ばす。

でも、どこに？

どこに持ち帰ればいい？

子供の泣き声がする。喚き声も、はしゃぐ声も。走り回る小さな足音。叱る声。いつも誰かが騒いだり、泣いたり、諍《いさか》っていた場所。

でも、あそこは家じゃない。俺の帰る場所はどこだっただろう。

ふと、手を見ると真っ赤に濡れている。ぎょっとして立ちあがった拍子に、赤いしずくが一滴、白い砂地に落ちてしまう。赤はじわじわと丸くひろがって、俺の足元を呑《の》み込む。慌てて逃げる。踏んだ場所がてんてんと赤で染まる。足がもつれて手をつくと、べったりと赤い手形がついた。服に擦りつけても、もう身体もぐしょぐしょに赤で濡れている。

もう触《さわ》れない。

このままでは、月が赤に覆われてしまう。

しんと冷たい地面に転がって、骨のような欠片を口に含んだ。ひとつでいい。この静けさが身の裡《うち》にあれば。

ざらついた表面に舌が触れる。瞬間、香りが頭の中で弾けた――

目覚めると、アパートの低い天井が見えた。夢の香りを期待して吸い込んだ空気は、黴臭《かびくさ》い畳の匂いがした。吐いた息が白く揺れる。古い木造アパートはほとんど外と変わらないくらいに寒くて、一度目が覚めるともう寝つけなくなる。溜息がまた白く流れた。

部屋は夢の続きのような静寂に包まれていた。車や新聞配達の音もしない。深夜でも明け方でもお構いなく子を怒鳴りつける隣の女の甲高《かんだか》い声も聞こえてこない。耳がつまったように静かだ。

意を決して起きあがり、カーテンを引くと雪が降っていた。灰色がかった青い空からほたほたと音もなく落ちて、黒く濡れた地面や道路に吸い込まれていく。屋根や垣根には薄く積もっていた。この街に来て初めて見る雪だった。クリスマスも正月も降らなかったのに。

カフェのバイトはしばらくシフトが入っていなかった。思いだして、重苦しい気分になる。でも、今日は面接がある。店で名刺を渡してきた奇妙な二人組の。黒ずくめの男のほうから、名刺の裏に書かれていた住所まで来て欲しいと言われていた。香りを作っていると言っていたが、ネットで調べてもそれらしい店舗情報は見つけられなかった。そもそも時給すら説明されていない。服装について尋ねてみても、「なんでもいいんじゃない。まあ、動きやすい格好で」といいかげんな返答しかなかった。

怪しすぎる。行ったら高い水や教材を買わせられるのかもしれない。なのに、どうして断らなかったのだろう。黒ずくめの男は明らかに歓迎していない雰囲気だったのに。

夢の白い月面を思いだす。赤く染まった手を頭から振り払い、口に含んだ月の欠片の感触をなぞる。呑み込むつもりだった。あれが誰かの骨でも構わなかった。あの静けさが手に入るなら。あの静けさ、あの冷たさ、あの香り。

また、ずくりと胸が疼く。やっと気付く。この疼きは欲求だ。店にいた短髪の男が纏《まと》っていた香りを、俺の身体は欲していた。あの人の周りにただよう空気は、あの香りが生みだしている気がした。

窓を開ける。綿毛のように空中を揺れる雪が気まぐれに流れて唇にくっついた。ちりっとした冷たさを残してあっという間に消える。水っぽい匂いにくしゃみがでた。

数時間後、俺は森の中で途方に暮れていた。

雪で自転車を使えなかったのでバスを選んだものの、目的地近くまで行く路線はなかった。街の高台にある高級住宅地の手前でバスを降り、そこから蛇行する坂道を延々と歩いた。防犯カメラがあちこちにある住宅街を過ぎると、コンビニも喫茶店もドラッグストアもない。ただただ樹々が続く。どれも大きく、陽の光を遮るほどにそびえ立っていた。

単調な景色に飽き、近道をしようと道路を外れ、薄く雪に覆われた腐葉土を踏みしめるうちに、森の中で方向を見失ってしまった。

雪はもう止んでいたが、空は重い鉛色で、森の中は暗い。自分の乱れた息の音しかしないくらい静かだ。時折、枝や梢《こずえ》に積もった雪が落ちてくる。重さのある湿った音が背後で響く度に心臓が跳ねあがる。

とにかく上だ、とゆるやかな傾斜を進む。名刺にあった住所は、街を見下ろすゆるやかな山の頂上を示していた。倒木でつまずき、湿った落ち葉で足を滑らしながら、上へ上へと歩いた。

背中が汗ばんできた頃、視界がひらけた。途切れた森の向こうに丸太でできた小屋が見えた。そばには四角いコンクリートの平屋の建物と、ビール工場なんかにありそうな銀色の巨大な樽《たる》のようなものがあった。周りには冬囲いがされた木や、生垣で区切られた畑らしき土地があった。葉も花もない、くすんだ色をした枝だけの植物がほとんどで、廃園になってしまった遊園地を思わせる寂しい景色だった。

ここが目的地なのだろうかと、丸太の小屋に近付くと、裏手から手押し車がぬうっと現れた。ニット帽にダウンコートを着込んだ老人がガタガタ車輪を鳴らしながらやってくると、俺の姿を見て眉間に皺《しわ》を寄せた。

「あ、あの……」

「ここは私有地だ」

老人は手押し車を下ろし、しわがれ声ですごむ。

「すみません、この辺にお店はないですか。なんか、ラ、センなんちゃらっていう」

もらった名刺に書かれていた単語を読もうとしたが、うまく発音できない。というか、読めない。

「なにを言ってる」と怪訝《けげん》な顔をされる。「あ、店じゃなくて会社かもしれません」と名刺を見せると、渋い表情のまま「朔さんの客か。なんで表から入らない」とニット帽を脱いで、つるつるの頭から顔を手拭いでごしごしと拭った。

「すみません、迷子になってしまって……客ではなく面接です」

目を見ひらかれた。

「お前さんが?」

へえええと声をあげて顎髭《あごひげ》をしごいている。

「そりゃあ、めずらしいな。雪も降るはずだ」

「え、なにがです」

俺を上から下まで眺める。

「最近の子はでかいな。お前さん、腕っぷしも強そうだしな。こりゃあいい、畑仕事も手伝ってもらおうか」

急に機嫌が良くなった。まるで話が見えない。「しかし、野郎ばっかりになっちまうな」と老人がぼやく。

その時、背後で枝を踏む音がした。会話を遮るようなきっぱりと乾いた響きだった。

「これから面接だっていうのに。せっかちだね、源《げん》さん」

静かな声がした。「君」と、その声が俺に向けられたのがわかった。

「まあまあ時間通りではあるけど、方向音痴のようだね」

短髪の男が枯れた庭の真ん中に立っていた。丈の長い厚手のカーディガンを着て、ポケットに両手を突っ込んでいる。家にいるようなくつろいだ格好だった。

「いや、楽をしようとしたのかな。それはあまり感心しないね。森に近道はないよ」

すっときびすを返す。ゆっくりと歩き去っていく。ぼんやり眺めていると、「なに、ぼやっとしてんだ！」と老人に怒鳴られた。「面接だろ、朔さんについてけ！」

慌てて追いかける。葉の落ちた植物の間をいくつも抜けて、短髪の男は進んでいく。白い壁に茶色い窓枠の、文化財みたいに立派な洋館が見えた。ここにくる途中で高級そうな建物はたくさん見たが、格が違う。老舗のホテルとか、貴族の屋敷みたいだ。

まさかと思ったが、男は平然と正面にまわり、石段に足をかけた。アーチ状の重々しい両開き扉が、威嚇するように俺を見下ろした。

「ここって……」

「住居兼仕事場」

「ここに住んでいるんですか？」

短髪の男が石段の途中で振り返る。同じことを二度言わせるな、とばかりに俺を見る。けれど、やはり見ているようで視線が遠い。淡い目は俺を映してはいない。今日の雪空みたいに冷たい目だと思った。

中に入ると、苦みを帯びた植物の香りがした。深く息を吸ったが、名刺に浸み込んでいた香りとは少し違った。玄関扉の上のステンドグラスが飴《あめ》色の床に色を落としている。

こつん、と何かが額にあたって、粉っぽい、チャイのような匂いがひろがった。照明から丸いものがぶら下がっている。ごつごつと茶色く干涸《ひから》びたボールのようなものが、紺色のリボンで結わえられていた。

「ポマンダーだ」と短髪の男が振り返る。

「ポマ……」

「香りの魔除《まよ》けだ。柑橘《かんきつ》にクローブを刺し、スパイスをまぶして作る」

「へえ、初めて知りました。作ったんですか」

「いや、クリスマスの贈り物だ」

「お洒落《しゃれ》ですね。誰から貰ったんですか」

「背が高いな。新城はぶつからなかったのに」

なんとなくはぐらかされた気がした。

「上下水道設備の整っていなかった中世ヨーロッパは悪臭に溢《あふ》れていた。だから、こういうポマンダーを出入口に吊《つ》るして悪臭という邪気を退けたんだ。日本でも掛合という絹の匂い袋が使われていた」

「邪気」

「悪臭は健康を蝕《むしば》む。一般的な悪臭だけじゃない。嫌悪する臭いに晒《さら》されていると心身にストレスがかかる。そして、人はあんがい自分にとっての悪臭を認知していない。あの職場」と俺を見る。

「君の身体は嫌悪していたよ。君にとってここの匂いはどうだろうね」

問いかけにも、独り言のようにも聞こえた。すっと背中を向けられたので、答えるタイミングを失う。年季の入った色の廊下を、後について進む。馬鹿でかい居間に通された。西洋絵画に出てきそうな長いテーブルは重厚で、天井からはシャンデリアが下がっている。晩餐《ばんさん》会《かい》でも開けそうな部屋だった。

短髪の男は隣室に消えると、銀の持ち手のついた湯気のたつグラスを両手に戻ってきた。俺に座るよう促し、目の前に置く。

「白湯《さゆ》だ」と短く言って、自分も斜め向かいの椅子を引く。白湯？　と思う。こんな立派な屋敷に住んでいるのに、紅茶でもコーヒーでもなく、沸かしただけの湯を飲んでいるのだろうか。爺臭《じじくさ》い。ケチなのかもしれない。一応、「ありがとうございます」と頭を下げる。

どの部屋からも物音ひとつしない。この男以外に誰もいないようだった。

「白湯は胃腸を温める。昨夜は食べられなかったんだろう」

突然、当てられてぎょっとする。

「もしここで働くのなら、空腹時にコーヒーをブラックで飲むのはやめてもらいたい。爛《ただ》れた粘膜の匂いはあまり好きではない」

思わず、口を手で覆っていた。

「俺、息、臭いですか？」

「臭いとは言っていない。ただ、好まない匂いがあると気が散る。その柔軟剤の香りも、三日前にラーメン屋に行って洗っていないトレーナーも。あと、大家か不動産屋に言って下水道の清掃をお願いしたほうがいい。風呂場の排水が詰まりがちのはずだ」

混乱して何も言葉が浮かばなくなった。馬鹿みたいに「え」を数回くり返して、ようやく「なんでわかったんですか」と呟いた。

「匂いで」

「めちゃくちゃ鼻がいいですね！」

そう言うと、意外そうな顔をした。その顔は思ったより子供っぽくて、初めて目が合ったような気がした。ふふっと男が薄く笑って、指を組んだ。

「小川《おがわ》朔です」

それきり何も言わない。「あ、朝倉満《みつる》です」と言い、リュックから履歴書をだす。落ち着かず、銀の持ち手に触れた。ひとくち白湯を飲む。ふわりと口の中で湯がひらいた。はっと顔をあげる。

「ローズウォーターが入っている。ここの庭の薔薇《ばら》だ」

「ローズウォーターってなんですか?」

「薔薇の花弁を水蒸気蒸留すると油分と水分が抽出される。その水分にあたるものだ。蒸留器はさっき見た源さんのログハウスにある。ローズウォーターにはわずかながら殺菌効果がある」

すらすらと言う。

「なんか、やわらかいですね。薔薇ってこんな香りなんですか」

「薔薇によって香りは違う。効き目も違うらしい。十八世紀の百科事典には薔薇水は心胃を強健にし、精神を活発にすると書かれている。中でも、赤い薔薇水には収斂《しゅうれん》作用があり、下痢、下血、吐血に効果があると。新城が二日酔いの時に飲ませたりする」

飲むごとに香りが鼻へと抜ける。身体の奥のこわばりを解くような優しい香りだった。

「これは、白い薔薇ですか?」

問うと、ふっと目を細められた。

「いいね、正解」

「白い薔薇水の効き目はなんですか?」

「淡白色と白色の薔薇水は、身体を清爽にし清涼にする。その他、大腸閉塞、抑鬱症ならびに脾病《ひびょう》に良好。個人的には頭痛にも効く気がするね。そして、薔薇の香りには鎮静作用がある」

白湯を口に含む。白い喉仏がゆっくりと動いた。

「僕は調香師です」

五つ六つ年上に見えるのに一人称が僕なのかと思う。気難しいのか、幼いのか、よくわからない人だ。

「依頼主が望めばどんな香りでも作る。ここはそういう場所だ。ここで働くからにはここの一部になってもらいたい。身体の匂いからね。石鹼《せっけん》、シャンプー、化粧水、身につけるものはすべて提供する。君はまだ二十代だから新陳代謝も活発だね。おまけに男性だ。暖かくなったら日に数回シャワーを浴びてもらうこともあるだろう。足の指の間と耳の後ろを洗い忘れることが多いようだから気をつけて。ここでの飲食物も僕が指定する。いいね」

気圧《けお》されるように頷《うなず》く。恥ずかしいことを指摘されている気がするのに、あまりにたんたんと言われるので感情が動く暇がない。「あと」と、小川朔が付け足した。

「約束をいくつか。ここは完全紹介制だ。僕は依頼主の秘密を香りに変える。彼らの秘密を目の当たりにしても、決して口外しないように。そして、嘘をつかないこと」

「嘘ですか」

「そう、嘘」

そう言うと、小川朔は胸ポケットから銀縁の眼鏡を取りだしてかけた。「以上」と呟いて、黙って白湯を飲んでいる。

　正直、業務内容がまるでわからなかった。報酬についての説明もない。ほぼ初対面の人に体臭について言及されたのも初めてだった。これはセクハラなのだろうか。でも、相手は男性だし、いや、男性同士でもセクハラは有り得るだろう。

「嘘は」と気になったことを訊いた。「黙っているのは嘘に当たりますか?」

　小川朔はかすかに首を傾《かし》げた。質問の意味がわからないのではなく、言葉を探しているように見えた。

「忘れているのならいい。けれど、隠せば隠すほどにおう。隠すというのは執着だから。執着は濃くただよう」

　訊き返そうとすると、扉が開く大きな音がして、「朔!」と声が響いた。廊下がぎしぎしと音をたてる。

「朔、あいつ駄目だ! 前科持ちだったわ」

　黒ずくめの男が大股で入ってくる。俺と目が合い、「うわ」と声をあげた。

「お前の携帯に留守電入れたよな。雪降ってるし、今日の面接は延期って」

　ばつが悪そうに目を逸らす。いままで何度も見てきた顔。

　――差別するわけじゃないんだけど、そういうの知ってしまうとね
　――女の子も怖がっちゃうし、客商売だと世間体ってものがあるから
　――過去は過去だけど、やっぱりなにかあった時そういう目で見ちゃうから、そっちもや

りにくいでしょう
　そんなようなことを言われては職を変えてきた。ネットで調べればすぐにわかる。面と向かって言ってくれるのはまだいいほうで、なんだかんだと難癖をつけてクビにされることがほとんどだ。もう絶望もない。またか、としか思わない。

「スマホが昨日から水没していて」

　冷えきった頭で言う。「あー」と黒ずくめの男が頭をがしがしと掻《か》く。「悪いな、調べるのは俺の仕事でさ。つーか、ここ、妙な客が多いんだよ。だから訳ありはちょっと……」

「壊された？」

　静かな声がした。小川朔が銀縁の眼鏡を外して、こちらを見た。

「携帯電話、店の誰かに壊されたよね」

「おい、朔」

「だから、同じようにした？　厨房の流しかな。首根っこを摑んで水に押し込んだ？　頰のひっかき傷はその時のだね。ちゃんと消毒したほうがいい。爪でできた傷はね、膿《う》みやすいんだよ」

「は……」

　声が喉に張りつく。

「それとも、ひっかかれた痛みすら感じなかった？　頭に血が昇ると、抑えられない？」

　ゆらりと、目の裏を赤いものがよぎった。気付いたら立ちあがっていた。黒ずくめの男の身体に緊張が張りつめる。俺を刺激しないようにゆっくりと、しかし猫のような身のこなしで小川朔の傍《そば》に移動する。守ろうとするように。もう一人の自分がその様子を冷静に観察していた。

「君から、強い怒りの残り香がした」

小川朔は落ち着いていた。声音も変わらない。ただ、雪雲のような色の目でじっと俺を見つめている。いや、嗅いでいるんだろうか。

「教えて欲しい。その後、君は吐いたね。それは暴力の後悔から？　それとも昂奮《こうふん》から？」

手に何かが触れた。引っ込めたはずみで白湯のグラスが揺れ、床で砕ける。びくっと身体が跳ねた。そのまま、俺は部屋を走りでた。

洋館を飛びだし、枯れた庭園を突っ切る。足が土に埋まって重心を崩す。怒り狂った老人が手に持った熊手を振り回しているのが視界の隅に映ったが、構わず樹々がそびえ立つほうへと駆けた。

黒ずくめの男らしき声も追ってきたが、森に入ってしまえば、すぐに遠のいた。湿った落ち葉や溶け残った雪を蹴散らして必死で走る。心臓が爆発しそうだ。いっそいいかもしれないと思った。脳も心臓も弾け飛んでしまえばいい。もう何も考えたくなかった。

道路に出そうになると曲がり、森の奥へ奥へと進もうとした。けれど、また方向を見失った。スマホを持っていないことを思いだし、ようやく足が止まる。履歴書が入ったリュックもない。洋館に置いてきてしまった。

ひゅっと冷たい風が吹き、また雪が降ってきた。風と共に斜めから吹きつけてくる。樹々の隙間が白っぽく霞《かす》んでいく。

ぞくっと恐怖が背筋を這う。汗が冷えて歯の根ががちがちと鳴った。まずい、まずい、と焦りで頭がいっぱいになっていく。

両手を擦り合わせながら見覚えのある景色を探していると、緑の葉を茂らせた木が目に入った。ちらちらとオレンジ色のものが覗《のぞ》いている。蜜柑《みかん》より少し大きめの実が生《な》っていた。冬の殺風景な森の中で、ぽつんと色を放っている。

ぼんやりと見上げる。実は少しごつごつとしていたが、まるまるとよく育っていた。食べられないかな、と思う。喉が渇いた。

「橙《だいだい》は酸っぱい」と声がした。

もう振り返らなくてもわかった。小川朔の声だった。

「ポン酢なら作れるが、生食は勧めない」

横に並ぶ。剝《む》きだしの首筋が白い。雲間からわずかに日が差した。短い髪に付着した雪が透明に輝く。雪に濡れたオレンジ色の実もつやつやと光った。

「橙の実は何年も木についたまま落ちないんだ。暖かくなると青くなり、寒くなるとまた橙色に色づく。縁起の良いものとされているね」

小川朔は一旦、言葉を区切ると「森に近道はないと言っただろう」と歌うような口ぶりで言った。「猪だってでるしね」

「ここはまだ敷地内ですか」

「そうだね。凍死されると迷惑だから迎えにきた。下の住宅街をでなければ見失わないよ。よほどの豪雨でない限り」

「それも、匂いで、ですか」

返事はなかった。薄く微笑《ほほえ》んだ気配が伝わってくる。明らかに人の常識を超えたことなのに、なぜだか納得している自分がいた。

なぜ逃げたんだろう、と思う。この人はすべてを見透かしているのに。ひどい言葉を浴びせられたことは無数にある。でも、この人の言葉が一番遠慮がない。なのに、攻撃されている感じはない。

俺はきっと、俺から、逃げたい。

「方向音痴みたいだけど、覚えてね。ここは果樹園の外れ。育てている植物はすべて香りの原料にする。橙の果実の皮からはオレンジビターが、花からはネロリ、葉や枝からはプチグレンという精油が採れる。ローズウォーターのように花弁からはオレンジフラワーウォーターもできる。どれも香りが違う。同じ木が違う顔を見せるんだ」

頭に入ってこないが、黙って頷く。

「でも、僕にしてみればどの植物だってそうだ。それをひとつひとつ見つけていくのが面白い。君だっていろんな顔があるだろう」

思わず小川朔を見た。変わらず橙の木を眺めている。

「君は嘘をつかなかった。僕の質問に答えられなかったのは、自分でもわからないからだね」

「でも」

「だったら、なにも問題はない。ここで働くといい。まずは橙の皮でマーマレードを作ってもらおうか。リキュールも仕込もうかな」

「あの」と呟く。

俺はあなたを傷つけるかもしれませんよ。

言いかけて呑み込む。自分が信じられない。嘘なんてつけるものならつきたい。衝動を隠せるようになりたい。

「あの」

もう一度、言った。

「月に匂いはありますか」

吹きすさぶ雪の向こうで灰色の目が揺れた。

「あるよ」と静かな声が返ってくる。

「闇夜でもわかる、月が満ちているか、欠けているか」

寒さとは違う震えが走った。傍らの男から、欲しかった香りが一瞬たった気がしたが、風にまかれてすぐに消えた。

2
‥
Crescent Moon

森の中の蛇行した道を自転車で上っていく。

朝方はまだかすかに息が白い。樹々の隙間にちらちらと見えていた高級住宅地の豪邸が遠く小さくなっていくにつれ、湿りけを帯びた土の匂いが強くなっていく。

坂道はゆるやかとはいえ、長い。太腿《ふともも》の筋肉がみちみちと悲鳴をあげる。背中がじっとりと熱くなり、ニット帽の中の頭皮が蒸れてくる。慌ててニット帽を脱ぎ、リュックと背中の間に風を通すが、漕《こ》ぎだせばまたすぐに熱くなる。首筋を汗がつたい、身体の奥に火が点《とも》ったように、熱が汗となってあちこちから滲《にじ》みだす。

怒りと似ている、と思う。一度、点ると噴きだすまで消えない。汗をかくのを止められないように、俺は怒りを身の裡で鎮められない。それはじわじわと滲みだすのではなく、爆発的に噴出し、コントロールさえできない。目の裏が赤に染まって、怒りに支配されてしまう。

大きく息を吸って吐く。サドルから腰を浮かせ、ペダルを強く踏む。自転車を漕ぐことだけに集中する。乾いた骨のような裸の樹々がびゅんびゅんと流れていく。

森には、あの雪の日以来、入っていない。

遠まわりに思える坂道を、毎日、息を切らして上り、下っている。

あの日、小川朔と面接をして、森へと逃げ込み、橙の木の下で話した。彼は寒さでがちがちと歯を鳴らす俺を黒ずくめの男に託すと、「喉が熱くなったらこれを飲んで」と小さなガラスの小瓶を渡してきた。「一回にひとくちずつね」

「あの、俺……」

「明日はきっと無理かな。三日後の朝、七時に」

そう言うと、すっと背を向けられた。

「や、明日これま……」

後ろから、黒ずくめの男に頭を小突かれた。俺のリュックを押しつけてくる。

「いいからさっさと車に乗れ。あいつが三日後って言ったら三日後でいいんだよ。あと、俺のことは新城さんと呼べ」

喚くように言い、乱暴に運転席に乗り込む。ドアを開けると、「なんで野郎を助手席に座らせないといけねえの」と睨まれたので後部座席に座った。ドアを閉めるのとほぼ同時に発進されて、シートからずり落ちかける。せっかちだ。

「お前さ、明日なんかに来たら源さんにスコップで尻叩かれるぞ。まだカンカンだったからな。あ、源さんって、庭いじりしてた爺さんな。お前、庭の土を踏みまくっただろ。あの庭、源さんは孫みたいに大事にしてんだからな、気をつけろよ」

バックミラー越しにぎょろりとした黒い目と視線がぶつかる。慌てて逸らし、「謝っておきます」と頭を下げる。

しばらく沈黙が続いた。車はすごいスピードで山を下っていく。身体が右に左にぐらぐらと揺れて、早くも酔いそうになっていた。

ふと、車内が暖かいことに気付く。エアコンからの風は暑いくらいで、新城さんは「あっちい」と呟きながら元々はだけた襟元をいっそうひろげている。雪の中、飛びだしていった俺のために暖めてくれていたのかもしれない。

「すみません、調香師ってどんな仕事なんですか？」

勇気をだして話しかけてみる。「ああ？」という迷惑そうな声に一瞬で後悔したが、「調香師つっても、あいつは特別」とすぐに返ってきた。

「香水を作ってるんですか」

「まあ、それもひとつ。でも、肌につけるものを販売する時には役所に届けを出さなきゃなんないんだよ。だから、あくまでもうちで作ってんのは、香り」

「え、それって……」

闇営業ってことですか、という言葉を思わず呑み込んだ。

「まあ、そういうこと」

にやっと新城さんが口の端を歪《ゆが》めて笑う。「こっちも脛《すね》に傷持つ身なんだよ。だから、警察の厄介になったことある奴《やつ》はちょっとさ」

がしがしと頭を掻く。

「……悪かったな」

喉の奥で唸《うな》るように言って煙草を咥《くわ》えた。白い煙が車内に充満する。むせたが、新城さんは気にする様子もなく二本目に火を点けた。窓すら開けてくれない。少しだけ、優しい人なのかもしれない、と思った自分が馬鹿だった。乗った時から感じていたが、車内は恐ろしいくらいヤニ臭い。あの鼻がいい小川朔はこの臭いに耐えられるのだろうか。俺のことについていろいろ嗅ぎ当てて、人並み外れた嗅覚を持っているように思えたが、いいかげんに言っているだけなんじゃないのか。窓の外が見慣れた街の景色になっていくにつれ、疑念がむくむくと湧いてきた。

「小川さんが特別ってどういうことなんですか」

ぼそりと言うと、「あ?」と新城さんが顎をあげて俺を振り返った。ぐんっとハンドルを右に切る。窓ガラスに頭をぶつけた俺の耳に、新城さんのぶっきらぼうな声が届いた。

「あいつに作れない香りはない」

「え」

「それがこの世にもう存在しない香りだとしても」

意味を問おうとすると、「すぐにわかる」と遮られた。その後はもう喋らなかった。いつの間にか、がくりと首が落ち、シートに身体が沈んだ感触がした。「着いたぞ」という低い声に身を起こすと、夕闇の向こうに古びた俺の木造アパートが見えた。「すみません」と言う自分の口の中がえらく粘ついた。重い身体を引っ張りあげるようにして錆《さ》びた外階段を上り、万年床に倒れ込んだ。

そのまま、寝込んだ。高熱の中、小川朔が渡してきた小瓶の蓋を開けた。ガラスの小瓶は手にひんやりと心地好《よ》かった。口に含んだ液体も冷たく、舌から喉へとするりと流れていった。かすかに薬臭く、甘ったるい匂いがした。けれど、舌に感じる甘さはなく、すうすうと熱を奪っていく。朦朧《もうろう》とした意識の中で懐かしい香りだと思った。

二日目の晩に熱が下がり、腹が鳴った。財布を求めて、玄関横に放りだしたリュックをあさると、くしゃくしゃになった履歴書が出てきた。テーブルに置いた履歴書を小川朔は見なかった。居心地が悪くなってリュックに押し込んだことを思いだす。なのに、なぜ新城さんは俺の家の場所を知っていたのか。みぞおちの辺りがひやっとした。

「三日後の朝、七時に」

小川朔の静かな声がよみがえる。すべてを見透かすような遠い目。熱がでることも、三日後には回復することもわかっていたのだろうか。

奇妙な森に足を踏み入れたような気分になった。淡い月の光がさす、薄暗い灰色の森だ。歩き疲れて腰を下ろせば、音もなく伸びてくる柔らかな蔦《つた》に絡みつかれ、いつしか大樹に呑み込まれる。違和感に背筋がぞくぞくするのに、変に甘やかな安堵《あんど》があった。小川朔がくれた小瓶の液体のような。毒は、あんな香りがするのかもしれない。

そんなことを思いながら、自転車を漕ぐ。この冬の森は静かだ。やがて、道の両脇に石の門柱が見えてくる。門柱には満月のような丸いランプが載っていて、森の中で白くぼんやりと浮いている。過ぎて、左に曲がると、苔にあちこち覆われた木の門が立ち塞がる。自転車を降り、押しながら門を抜ける。

急に視界が整然とする。石畳の道が延びる先に、三角屋根の洋館が見えた。

息を吐き、無駄だとわかっていても汗を拭う。森に入っている時からすでに俺の発汗は嗅ぎ取られているはずなのだ。驚異的な嗅覚を持つ雇い主に。

石段を上り、アーチ状の重々しい扉をそっと開ける。洋館の中は静まり返っている。植物のような苦く爽やかな香りがただよい、玄関扉上のステンドグラスが飴色の床に彩りを落としている。床板は歩く度、かすかに軋《きし》む。

面接をした居間の長テーブルには、初めて出勤した時と同じようにメモが一枚置かれている。

――シャワーを

ふうっと思わず溜息がもれ、服を脱ぐところから一日の仕事が始まる。

階段の下には物入れがあり、ちょっとしたクローゼットのようになっている。そこに、洋館で着る俺の服がかかっている。ごわごわとした生地の白いシャツと墨色のズボン、それにウールのカーディガン、柔らかい革の紐靴。バスタオルはもちろんのこと、下着や靴下まで用意されているのが恥ずかしい。

衣類を抱えて、台所のほうへ行く。台所の奥に俺の部屋くらいはありそうな貯蔵庫があり、その横に作りつけの狭いシャワー室がある。小川朔は二階にある浴室を使っているそうで、俺以外にここを使用している形跡はない。小川朔の寝室や仕事部屋は二階にあり、決して上がってこないようにと言われていた。彼も用事がない限り、ほとんど階下にやってこない。とはいえ、人の家で丸裸になるのは毎回なかなかに緊張する。

初めてシャワーを浴びて着替えるように指示された時は正直、貞操の危機を覚えた。新品の下着に動揺して、台所の勝手口から菜園へと出てしまったほどだ。畑の真ん中でおろおろする俺の姿を見て険しい顔をした源さんは、小川朔のメモを見るなり同情の色を浮かべ、ぽんと軍手で俺の肩を叩いてきた。

「坊主、安心しろ。あの人は難儀なくらい鼻がいいだけで、なんの他意もない」

その言葉通りだった。指示に従って身体を洗った俺に、小川朔は何も言及しなかった。良いとも悪いとも言わず、非常識な要求をしているとも思っていないようだった。それどころか、自宅で使って欲しいと、シャンプーから石鹼、化粧水、保湿クリーム、ヘアワックス、歯磨き粉、衣類用洗剤や柔軟剤まで手渡してきた。そのすべてが小川朔の手作りと知り、また別の恐怖心が湧いた。洋館で使っている食器用洗剤やルームスプレー、掃除用ワックスといった消耗品には市販のラベルがなく、ほとんどが彼の調香によって作られていた。貯蔵庫にずらりと並ぶ透明な瓶は、自分の許容しない匂いは何一つこの洋館には存在させないという偏狭で強固な意志を感じさせた。

最初はそれほどまで自分の体臭はきついのかと落ち込んだ。二日おきくらいにやってくる新城さんに「俺ってやっぱ臭いますかね？」とついこぼしてしまった。新城さんは「あー」と目をさまよわせ、やはり源さんと同じ憐《あわ》れみに満ちた表情で「だから、誰も続かねえんだよ。お前だけじゃねえから安心しろ」と、励ましにならないことを言った。

「新城さんや源さんもシャンプーとか渡されているんですか？」

「いや、俺はマウススプレーだけ。源さんはなんも」

「え、なんでですか」

ちょっとプライドが傷ついた。何のプライドかはわからないが。

「さあな」と新城さんは居間の椅子をぎしぎし揺らしながら言った。

「源さんは基本、この屋敷には入んねえし、俺は付き合いが長いしなあ。まあ、そのうち、あいつもお前の体臭に慣れるんじゃねえの」

それまで続かねえだろうけどさ、と鼻で笑う。なんとなく悔しくなって「俺、マウススプレーは貰ってません」と変に突っかかってしまう。新城さんは無視してコーヒーをすすり、お代わりというようにカップを俺のほうに押しやった。

面接の日に、マーマレードを作ってもらおうか、と言われたのに、いま俺は新城さんのコーヒーしか淹《い》れさせてもらえていない。食事は小川朔からレシピを渡されて作るのだが、朝食のオムレツに無断で胡椒《こしょう》を挽《ひ》いてから、しばらく作らなくていいと言われてしまった。買い物は頼まれるが、小川朔が自分で作ってしまう。厨房で働いていた身としては少し屈辱的だった。毎日、洋館の掃除と源さんの手伝いをさせられている。

まだ温かいカップを持って台所へ行きかけると、「あ、いたわ」と新城さんの声が背中にぶつかってきた。「続いた奴」

「え」と振り返る。

階段の下の物入れに、淡いグレーのワンピースがかかったままになっていたのを思いだす。それと、白いエプロン。どちらもよく使い込まれた風合いになっていた。あの服を着ていた人のことだろうか。

どんな人だったか問う前に、「で、お前は嫌いなの？」と訊かれてしまった。

「小川さんのことですか」

「いや、あいつのこと好きな奴とかほぼいねえから。じゃなくて、ここの匂い」

カップを持ったまま考える。与えられる製品は、どれも嫌な匂いではない。むしろ、嗅いだこともないような清々しい香りが多かった。けれど、どこか若くて、落ち着くというよりは目が覚めるようなフレッシュな香りだ。初めて会った時に小川朔が纏っていた香りとは違う。俺が欲しいと思うのは、あの静かな香りだ。

「ぜんぜん嫌いじゃないんですけど……」と言いよどむ。

カチッと新城さんのライターに小さな火が点いた。口の端に煙草をぶら下げながら、顎を傾けて俺を見る。また小川朔に怒られるぞ、と思う。案の定、二階のドアが開いた音がした。早口で言う。

「うちに帰った時もここと同じような匂いがするとなんか変な感じで。うまく言えないんですけど、自分が消えていくっていうか……」

そう、まるで自分が幽霊になったみたいな気分になる。そう思ったが言わなかった。

自分の匂いを意識したことはなかった。けれど、与えられた香りに染まっていくと、自分の輪郭が朧《おぼろ》になる気がした。小川朔が作った香りに包まれた自分と、元の自分とが乖離《かいり》していくような錯覚。それが、嫌なのか、楽なのか、わからない。

「ここの一部になるのが苦だったら、早く離れたほうがいいぞ」

階段の軋む音に、そそくさと立ちあがりながら新城さんが言った。小川朔はいつも足音をたてずに移動するので、わざと床板を鳴らしているのだろう。

「俺もコーヒー淹れてもらうんなら女の子がいいしな」

新城さんは俺の手からカップを奪うと、勝手にコーヒーを注ぎ、換気扇の下に移動した。

前にいた人はこの洋館の一部になったのだろうか、と思った。


「あの木の、下から三本目。そう、その陽が当たる枝」

小川朔が指さす度に、源さんの眉間の皺が深くなる。俺は脚立を移動させ、鋸《のこぎり》をひく。木屑が散り、源さんの顔が悲痛に歪む。すごく、やりにくい。

洋館に通いだして二週間、俺の風邪がすっかり良くなったのをいいことに、小川朔は肉体労働ばかりをさせるようになった。毎日、森の中を歩き、芽吹きはじめた枝を伐《き》らせる。日に日に源さんの悲愴《ひそう》感が深まっていくので胸が痛むし、電動鋸を使わせてもらえないから身体のあちこちがずっと筋肉痛だ。

今日は朝から果樹園にいる。幹から離れた枝が、下に敷いた青いシートに落ちて跳ねる。源さんが溜息をつきながら手押し車に積んだ。

「なあ、朔さん」と暗い声をだす。

「大丈夫。この木からはこれ以上は取らない。弱ってしまうからね」

「あんたが枯らしたことがないのはわかっているけどさ……」

なんとなく見ていられなくて、脚立を降りながら「そういえば、小川さん」と話しかける。

今回はそう背の高い木でなくて助かった。

「初めてここに来た時に持たせてくれた液体、あれはなんだったんですか？　飲んだら、喉が楽になりましたけど」

「無防備だね、君は。なにか知らないものを口にするなんて」

小川朔の目が可笑《おか》しそうに細められた。透明な陽が差し込む山は、鳥の声が響き、まだ裸の樹々が多いものの、春の柔らかい気配がただよいだしていた。

「飲んで、と言われたので……」

言いながら、熱に浮かされていたとはいえ、なぜ自分は何の躊躇《ためら》いもなく飲んだのだろうと思う。この得体の知れない人を無意識下で信じたのだろうか。

「あの薬を思いだしたのは偶然じゃないよ」

「え」

「いま、君が伐った木に生った実から作ったものだからね」

「そうなんですか」と驚く。

「唐桃《からもも》。杏《あんず》の木だね。もうすぐ梅に似たピンクの花が咲いて実が生る。その種から作る。杏仁水《きょうにんすい》といって咳止《せきど》めの薬だよ」

「キョーニンスイ……」

耳慣れない言葉をくり返す。

「どんな香りだった？」

うまく言えず眉間に力を込めていると、「ある作家は、気の遠くなるような匂い、と形容したよ」と静かに言われた。

「確かに！　なんかすうっとしました」

「種をすりおろして寒天で固めれば杏仁豆腐《あんにんどうふ》になる。もっとも、市場に出まわっているほとんどは合成香料で匂いをつけたものだけど」

「あー、それで懐かしい感じがしたんですね」

頷きながら、かすかな違和感を覚える。確かに、言われてみれば杏仁豆腐の味だったのだが、何か忘れているような気もした。

「杏の花は香らないと言われているけれど、君は無意識下で香りを捉えたのかもしれないね」

小川朔は手押し車に積まれた枝を見て言った。

「でも、まだ花は咲いてませんよ」

「その枝には花になる前の香気が閉じ込められている。だから、咲く直前に伐っているんだ」

「いつ咲くかわかるんですか!?」

小川朔は俺の質問には答えず、ゆったりとした動きで果樹園を見渡した。ここだけで数えきれないくらいの木がある。その一本一本の開花を感じ取れるとしたら、この人にとって春はどれだけ騒がしい季節なのだろう。

「じゃあ、よろしく。僕は来客があるから」

そう言うと、俺と源さんに背を向けた。そんな予定は聞いていなかった。香りの注文があると、小川朔は玄関脇の応接室で依頼人と話した。依頼人は大抵、新城さんが連れてきた。依頼人を応接室に通したり、必要に応じて茶をだしたりするのは俺の仕事だった。

「依頼人ですか」という俺の問いに、小川朔は「違う」とだけ言って去っていった。

俺と源さんは伐った枝をログハウスへ運ぶと、小川朔に指示された通りに手斧で刻んだり小刀で削ったりした。蒸留器にかけて精油を作るのだという。

「あの人が聖人君子じゃないのはわかってんだがなあ」と源さんがぼやく。「咲く前の枝を伐っちまうのはなあ。どうも慣れんよ」

何と言っていいかわからず、手を動かしながら「はあ」と曖昧な相槌《あいづち》を打った。

「桜染めをやる人が同じことをするらしいな。花が咲く前の小枝から色を煮だすとか。でも、咲いた花を眺めてやるのが人情ってもんじゃないのかね。まあ、そもそも朔さんは草木を目では愛《め》でないのかもしらんが」

「鼻でですか」

「ああ、なんにせよ、常人には計り知れない人だからなあ」

源さんは自分に言い聞かすように呟いた。小屋の中は生木の青臭い匂いに満ちていて、俺の鼻には小川朔の言う閉じ込められた花の香はまったく感じられなかった。

少し、来客のことが気になった。香りの依頼人は変な人ばかりだったから。

熟女の香りを作って欲しい。数年前に販売を終了した駄菓子の香りをもう一度嗅ぎたい。亡き妻の若い頃の髪の匂いを再現して欲しい。漫画のキャラクターの体臭を創造して欲しい。あらゆる欲や願望があった。正直、他人の欲望は薄気味が悪いものが多かった。

けれど、小川朔はどんな依頼にも無表情で応対した。熟女とは幾つくらいを指すのか、閉経はしているのか、人種は、スポーツが好きか内向的な性格なのか、飲酒するのか、体毛は薄いのか濃いのか、依頼人が気圧されるほど詳細にこだわった。変人は気持ち悪いが、その変人に理性的に向き合う小川朔のほうがどことなく狂気じみて見えた。

とはいえ、彼はすべての依頼を受けるわけではない。どんなに大金を積まれても、応じない場合もある。その線引きはいまいちよくわからなかった。今のところ、新規の依頼人の三分の一は激怒して帰り、その度に新城さんが頭を抱えて泣きごとや文句を言い、小川朔は平然とした顔で嫌みを返していた。

「あの、ちょっと見てきます」

立ちあがると、源さんも伸びをして「ついでになんか茶菓子を持ってきてくれ、甘いやつな」と腰を叩いた。

「わかりました」と答え、軍手を外し、洋館へと向かった。台所の勝手口を開くと、甘酸っぱい香りがした。パンを焼いた芳ばしい匂いもただよっている。入ろうとすると、居間から話し声が聞こえた。

「苺《いちご》のスープ、ラベンダーも合うんですね」

女性の声だった。

「今はミントの季節ではないからね。ラベンダーを嗅ぐと、まだ思いだす？」

小川朔の問いかけにしばし間が空く。「はい」と密やかな声がした。

「忘れることはないと思います。でも、傷みは薄れていっています。確実に。そのことに対する罪悪感も少しずつ……」

食器が擦れる音で最後は聞き取れなかった。とてもひっそりと話す人だった。小川朔の声も心なしかやわらかい。哀《かな》しいような、くすぐったいような空気が伝わってきて、入りにくかった。

かたん、と小さく椅子が引かれた音がした。「ごちそうさまでした」と女性の声が言う。

「こちらこそ、苺をありがとう」

「書き終えたら連絡しますね。一週間ほどいただけますか」

「急がなくていい」

足音が遠くなっていく。思わず、勝手口から出て、建物づたいに玄関のほうへと向かっていた。

玄関扉が開いた。石段の陰に隠れて、女性が歩き去っていくのを眺めた。

地味な紺色のコート、グレーのタイツに光沢のあるストラップシューズ。髪は肩くらいで、顔は見えなかった。

風が吹き、髪が揺れて、小さな白い耳が見えた。はっとした。

あの香りがした。初めて小川朔に会った時に、彼が纏っていた香り。凜とした孤独を感じさせる、俺が欲しい香り。

「あのっ」

思わず、声がでた。女性は気がつかない。

追いかけようとすると、頭上でガラスを叩く硬い音がした。ぎくりと身がすくむ。恐る恐る振り返ると、応接室の細長い窓から小川朔が俺を見下ろしていた。薄く窓を開いて、「朝倉くん」と言う。

「あと三十分で新城が依頼人を連れてくる。紅茶の用意を」

それ以上、何も言わない。逆光で表情が見えなくて怖い。首を縮めながら「はい」と答え、初めて名を呼ばれたことに気付いた。

新城さんと一緒にやってきたのはピンク色の髪をした女の子だった。短い前髪の下の眉毛も、異様に長い睫毛《まつげ》も目に痛いようなピンク。今まで見た依頼人の中で一番若くて、派手だった。キラキラしたピンクのブーツで床をごつごつと歩き、応接室のソファに足を投げだして座った。ピンクのカラコンの瞳で物めずらしそうに室内をきょろきょろと見回す。

「へえ、超レトロ」

甘く掠《かす》れた声に、「あ」と声がもれた。歌手のリリーだった。二年ほど前に「三日月のゴースト」という曲でデビューして以来、新曲がでる度に話題になる、ピンクの髪がトレードマークの歌姫。

リリーは俺をちらっと見ると、「ふふっ」と歌うように笑った。自分の魅力を知っている顔だった。慌てて目を逸らして、熱い紅茶で満たしたティーカップをワゴンからテーブルに運んだ。

「満、びっくりしただろ」

なぜか新城さんが得意げな顔をした。いつもとは別人のようににやにやしている。機嫌が良いのはいいけれど、下の名前で呼ぶのはちょっとやめて欲しい。

「リリーちゃん、今度、大手のレコード会社に移籍するんだよ。景気づけに、日本一の歌姫に相応《ふさわ》しい香水を作りたいんだってさ」

香水じゃなく香り、と言っていたことすら忘れている。

「ちがう、ちがう、世界一だってー」

唇を尖らせるリリーに「そうそう世界一！」と揉み手をしている。

「世界にひとつの香水って、最高の贅沢品じゃない？」

「ほんと、そう！　特にこの男が作る香水は誰にも作れないもんだからね」

「小川朔です」

小川朔はいつも通り、無表情で自己紹介した。

「僕が作るまでもなく」と、ゆっくりと言う。

「誰もが世界にひとつの香りを纏っています」

「えー」とリリーが目を細める。

「体臭です」

そう言うと、小さく片手をあげた。同席しろという合図だ。壁際に立とうとすると、チャイムが鳴った。玄関扉を開けると、がっしりしたスーツ姿の男性がいた。「すみません、遅れました」と野太い声で言い、案内もしていないのにずかずかと入っていく。応接室のドアを塞ぐほどに図体《ずうたい》がでかい。

「もうーやっときたー」

リリーが甘えた声をだし、小川朔が「新城」とかすかに目を細めた。新城がぶんぶんと首を横に振る。

「あたしの運転手。さっき呼んだの。だって、新城さんの車、煙草臭いんだもん」

ころころと笑いながらリリーが言う。「城嶋《じょうじま》です」と男性はドスのきいた声で言い、リリーのソファの横に立った。運転手というかＳＰにしか見えない。

「依頼人には、お一人で来ていただきたい、とお願いしているはずです」

「そうだっけ」と、リリーはおどけた仕草で首を傾げた。

「はい、よほどの事情がない限り、たとえご家族でも同席はお断りしています」

城嶋の筋肉で盛りあがった肩がぴくりと動いた。よく見ると、こめかみに刃物で切ったような傷があった。本能的に、怖い、と身がすくむ。

「違いますか？　一緒に住んではいませんが、血の繋がりがありますよね」

小川朔は遠慮なく言う。リリーはあどけない笑みを浮かべたまま、「なんでー、新城さん？」と目だけを動かした。笑顔だけど目が笑っていない。こっちはこっちで怖い。また新城さんが首をぶんぶんと横に振る。

「近い遺伝子の匂いがしたので。女性に弱い新城ですが、これだけは必ずお伝えしているはずです。嘘をつかないこと、と。お約束を守れないのなら、ご依頼は受けられません」

城嶋の拳が握られて、太い血管が浮いた。緊迫した空気の中、ふいにリリーがぱちぱちと手を鳴らした。

「さすがー。マジで天才なんだね、誰にも言ってないのに。オリザちゃんの言った通り」

皆の視線を集めたまま、紅茶をひとくち飲んで、砂糖壺《つぼ》から角砂糖をふたつ入れる。くるくるとスプーンをまわしながら、ピンクの睫毛を蝶《ちょう》の翅《はね》のようにゆっくりと上下させる。

「そう、城嶋はあたしのおにいちゃん。父親は違うけどね。でも、嘘は言ってないよ。運転手をしてもらっているのはほんとうだから。それもわかるんじゃないの」

小川朔は指を組むと、「そうですね」と静かに言った。

「それに、こっちだけが一人ってフェアじゃなくない？　オリザちゃんとは二人っきりで話しているって聞いたけど」

小川朔は無表情のまま「そうですね」とくり返した。そっと銀縁の眼鏡を外して、胸ポケットに入れる。どこを見ているかわからない目で、ゆっくりと顔をあげた。

「そういうわけだからー」

リリーがピンクの髪を揺らして俺たちを見た。

「みんな、出てって」


新城さんと俺は居間に移動した。城嶋だけが暖房もない廊下に立ち尽くしていた。仁王立ちで微動だにしない姿はストーンゴーレムを思わせた。

「信っじらんねえ……」と、新城さんが頭を抱える。

「一ミリも似てねえじゃん。リリーちゃんって整形なんかなあ」

「それ、あのお兄さんの前で言えますか」

「だって、お前も思わねえ？　つーか、なに図々しくお兄さんなんて言っちゃってんの。にしても、なんかあの男、見たことあるんだよなあ」

「レスリングの世界選手権ですかね」

「いや、耳潰れてるし柔道だろ」

不毛な会話をしながら、昨日、小川朔に教えてもらったばかりのローズマリーのハーブティーを淹れた。殺風景な庭の中でローズマリーとタイムだけは生い茂っていた。レモンの皮とローズマリーを耐熱ガラスのティーポットに入れて湯を注ぐ。頭がすっきりする、と小川朔は言っていた。

リリーのピンクの髪や服が目の裏にちらちらと残り、胸がざわめいていた。あんな不安定そうな女性と二人きりにして大丈夫なのだろうか。

廊下に目を遣《や》ると、城嶋の大きな身体がわずかに動いた。応接室からリリーが出てくる。まだ十分ほどしか経《た》っていない。事細かに依頼人の話を聞く小川朔にしてはめずらしい。

依頼を断ったのかと思ったが、リリーは満面の笑みで「よろしくお願いしますー」と応接室に向かってひらひらと手を振った。新城さんも意外だったのか、「へ」と間抜けな声をあげて立ちあがる。リリーはひょいと居間を覗くと、「あ、なんか、いいにおいするー」とブーツを鳴らして入ってきた。

「なにこれー」と、淹れたばかりのローズマリーのハーブティーに手を伸ばし、「もっと甘いほうがいい」と勝手に蜂蜜を足し、立ったまま一杯飲み干すと「じゃあ、新城さん、連絡待ってるから」と笑った。そのまま城嶋と玄関に向かう。

新城さんは「リリーちゃん、待って待って」と走って追いかけ、俺は呆気《あっけ》にとられたまましばらく空のマグカップを眺めていた。縁にはピンクの口紅がべったりとついていた。

応接室に行くと、小川朔はノートとペンを手にソファの背もたれに身体を預け、天井を仰いでいた。銀縁の眼鏡はかけ直されていた。

「大丈夫ですか？」と声をかける。

「なぜ」

「だって、なんか不安定そうな人だったじゃないですか」

小川朔の目がぼんやりとさまよう。部屋にただよう残り香を追うように。

「僕には君のほうが不安定に感じられるけれどね」

かっと耳が熱くなった。

「いや、女って急に感情的になったりするじゃないですか。二人っきりで部屋にいて、身体を触られたとか、あることないこと言われたら、男は分が悪いじゃないですか」

焦って早口になってしまう。小川朔は俺を見ているのか、見ていないのか、相変わらずわからない目をこちらに向けていたが、「ローズマリー」と呟いた。

「へ」

「ローズマリーを摘んだね」

「あ、はい」

「ホットミルクにしてくれないか。君も飲むといい。リラックスする」

ノートをひらき、ペンを走らせる。

「俺、ぴりぴりしてますか」

小川朔は俺の問いには答えず、「女性が苦手なんだね」と静かな声で言った。言葉に詰まった俺に、「台所にレシピがある」と付け足す。

「はい」と答え、ほとんど手をつけられていない紅茶を下げた。応接室を出て、息を吐いた。心臓が早鐘を打っていた。少しでも、彼の傍を離れられたことにほっとした。

終業の時間は決まっていない。

二階から小川朔が下りてきて、「もう今日はいいよ」と言えば帰れる。もしくは、源さんの手伝いを終えて戻ってくると明日の指示が書かれたメモが置いてある。着替えて、洋館を後にする。鍵はいつもかけない。

その日、小川朔は蜂蜜とローズマリーを入れた温かい牛乳を飲み終えると、一時間ほど二階の作業部屋に籠り、カーキ色の作業着姿で下りてきた。蒸留をする時の服装なのだが、華奢《きゃしゃ》な体型なのであまり似合っていない。「明日はこれを」と買い物のメモを渡してくる。もう帰っていいということだ。「お疲れさまでした」と言うと、ゆったりと頷いた。

静まり返った洋館を出て、石段を下り、車寄せの端に停《と》めた自転車にまたがる。石畳を数メートル進んで振り返ると、三角屋根の洋館の背後に燃えるような夕日が見えた。赤い月が頭の底をよぎって、一瞬、足が止まる。

その時、黒塗りの車が森から姿を現した。ねぐらに戻ったばかりの烏《からす》の群れがぎゃあぎゃあと鳴きながら飛びたつ。車は深海魚を思わせるぬらりとしたスピードで洋館の前にやってくると、動きを止めた。

運転席のドアが開き、小山のような体軀《たいく》の男性が降りた。さっきリリーと一緒にきた城嶋だった。肩をいからせて俺のほうに歩いてくる。

「申し訳ない。さきほどの調香師にお会いしたいんだが」

「あ、もう、終わりです」

約束のない人は取りつがないことになっている。しどろもどろになって言ったが、「電話でも構わないのでお話しさせてもらいたい」と譲らない。

「番号とか知らないんで」

慌てて言うと、城嶋のこめかみに血管が浮いた。

「あんた、ここで働いてるんだよな。そんなわけないだろう」

「いや、ほんとなんですよ」と怖くて泣きそうになる。この洋館には電話がないし、小川朔の携帯番号も教えられていない。「頼む」と城嶋が突然、地面に膝をついた。

「え、ちょっと、やめてくださいよ」

慌てて押しとどめようとしたが、城嶋は額をつけんばかりの土下座をしてしまった。起こそうとしても、金属のように硬い身体でびくともしない。

「頼む」

「いや、ほんと俺なんもできないんで」

押し問答をしていると、「どうしました」と小川朔の声がした。木屑まみれの作業着で菜園のほうから歩いてくる。城嶋は素早い身のこなしで起きあがると、小川朔の足元でまた土下座した。

「あんたに頼みがある。彼女に作る香水に俺の匂いを混ぜて欲しい」

俺はぽかんとして、夕暮れの中、地面に這いつくばる城嶋を見つめた。彼女というのがリリーのことを指すのはわかったが、城嶋が何を言っているのかうまく理解できなかった。小川朔はたいして驚いた様子もなく、「俺の匂いとは」と訊き返した。

「いろいろな匂いを混ぜて香水は作ると聞いた。だから、そこに、わからないように俺の匂いを紛れ込ませて欲しい。彼女が俺のことを忘れないように。匂いだけでもそばにいられるように。あんた、どんな香りでも作れるんだろう」

小川朔は黙ったまま城嶋を見下ろしていた。

「俺が中学の時、母親が彼女を連れて出ていって、三年前にようやく再会できたんだ。俺はあの子の顔が変わっていても、すぐに声でわかった。路上で歌っているのを見つけた。彼女はすぐには信じてくれなくて。でも、俺の匂いを嗅いで、おにいちゃんだって泣いたんだ。これからあの子はもっと人気がでる。そうなったら俺はもう近くにはいれない。だから、せめて匂いだけでも」

城嶋の喋りはたどたどしかった。必死に懇願していた。もう「頼む」以外に言うことがなくなったのを見てとると、「たとえ、あなたが土下座しても」と小川朔は口をひらいた。

「どんな大金を積んでも、脅しても、指をつめても、依頼人との約束を違《たが》えることはできません」

指をつめても、のところで、びくり、と城嶋の肩が強張った。

「新城が思いだしましたよ。あなた、亀山組《かめやまぐみ》の用心棒をしていたらしいですね。確かに、実の兄が暴力団と関係があると知れれば、彼女の身の破滅を招きかねないスキャンダルになりますね」

城嶋は黙ったままだった。

「おまけに彼女を強請《ゆす》ろうとした父親を病院送りにしましたね。彼はいまだに目を覚まさないとか。あなたの衣類には病院の匂いが付着しています。少なくとも一日おきくらいで病院に通っていますね。後悔しているんですか」

「まさか」

唸るような声がした。

「あいつは糞《くそ》だ。彼女の邪魔でしかない。また余計なことをしようとしたら、殴って眠らす。俺はあいつが目を覚まさないか、見張りに行ってるんだ」

「あなたはとても正直だ」と小川朔は温度のない声で言った。「心配しなくとも」と静かに続ける。

「彼女があなたの匂いを忘れることはありません。嗅覚の記憶は永遠ですから」

その言葉で気付いた。いや、思いだした。小川朔がくれた咳止めの薬は杏仁豆腐の香りじゃない。初めて杏仁豆腐を食べた時、幼い俺は薬の匂いがすると思った。あの薬を、俺はずいぶん昔に知っていた。

「お引き取りください」と小川朔は城嶋に言って背を向けた。

城嶋は夕日がすっかり沈んでしまうまで土下座し続けたが、小川朔は洋館から出てこなかった。俺は小山のような黒いシルエットを自転車にまたがったまま見つめた。


リリーに依頼された香りは十日ほどで出来あがった。

新城さんを通じて連絡した翌日に、彼女は一人で洋館にやってきた。相変わらずピンクの髪だったが、シンプルな白いワンピースに白い小さなリボンのついたバレエシューズを履《は》いていた。ほとんど化粧をしていない顔には点々とそばかすがあり、睫毛と瞳はうっすらと茶色く、外国の少女のように見えた。

小川朔が差しだした匂い紙に、彼女はそっと鼻を近付けた。

深く吸い、動きを止める。やがて、とじた瞼《まぶた》の端から涙がつたった。

「これがあればなにもこわくない」

リリーは微笑むと、何のラベルもない透明な小瓶を胸に抱き締めた。

彼女が帰った後、俺は応接室に残り続けた。小川朔が銀縁の眼鏡越しに俺を見た。

「城嶋と君は同じじゃないよ」

唇を噛む。

「そんなこと思っていません」

「でも、君は彼に同情した」

「どんな香りでも作れるのなら、叶えてやってもいいじゃないですか」

小川朔はゆっくりと視線をさまよわせ、「叶えたよ」と言った。

「依頼主が望めば、どんな香りでも作る。彼女の依頼はおにいちゃんの背中の匂いだった」

思わず、正面から小川朔の顔を見た。

「だったら、なんで教えてあげないんですか」

「依頼主の秘密だから」

「でも」

「彼女は兄が自分から離れようとしていることを知っていたよ。だから、彼をここに呼んで僕に体臭を嗅ぎとらせた」

絶句する俺に、小川朔は目を細めた。

「体臭を求めるってことがどういう執着かわかるだろう。唯一無二の欲望だ。人はね、いや、ほとんどの動物は、匂いには抗《あらが》えないんだ。秘密にするっていうことは、それだけ強い。そして、秘めれば秘めるほど強く心を縛るんだ。彼だって本望だろう」

小川朔は匂い紙にペンを走らすと、俺に差しだした。

「新城の番号だ。彼なら城嶋の連絡先を知っているだろう。君が決めるといい」

手を伸ばしかけ、躊躇《ちゅうちょ》した。地面にうずくまる城嶋と、リリーの透明な涙がよぎった。

禁忌に触れる勇気はなかった。

小川朔はふっと顔を逸らし、テーブルに匂い紙を置いた。銀縁の眼鏡を胸ポケットに入れて立ちあがる。「杏の花が咲いた」と、もうここにはいないみたいな目で言って、ドアのほうへゆらりと身体を傾けた。

静かに歩き去っていく細い背中を見つめながら、一体どれだけの秘密を香りにしてきたのだろうと思った。小川朔はそのすべてを記憶しているのだろうか。足元から伸びた影が深い深い沼のように見えた。

3
Pale Moon

日差しで空気がゆらめいて見える。かすかに埃《ほこり》っぽく、俺は何度目になるかわからないくしゃみをした。

道行く人はどことなく意識が散漫で、浮かれて見える。雲のような桜を見上げたり、考えごとに没頭したりしている。一、二度、すれ違う人にぶつかった。苦手な季節だ。春は皆、どこか遠くを見ている気がする。

ベージュのスプリングコートを着た女性を目で追う。間隔を空けてついていく。コートに特徴はないけれど、淡い黄色と鮮やかなブルーのスカーフも、控えめにブランドロゴが入ったバッグも、品が良く高価そうだ。朝の通勤が落ち着いた時間帯に、駅直結の高層マンションから出てきて、デパートで化粧品を買い、ドライフルーツとチョコレートの詰め合わせを包んでもらい、女性専用のジムで一時間半過ごし、今は友人らしき女性と談笑しながら桜並木の下を歩いている。洒落た路面店の多いエリアだった。二人は見覚えのあるパン屋に入り、すぐにバゲットの袋を手に出てきた。よく見ると、友人らしき女性が肩にかけたエコバッグからはワインの瓶が覗いている。

そのまま、二人はすぐ近くのマンションに消えた。これからホームパーティーでもするのかもしれない。平日の昼間だというのに。俺とは生きる世界が違うな、と思いながらスマホを取りだす。

「ああ？」

噛みつくように新城さんがでた。

「マンションに入りました。また出てくるまで待てばいいんですか？」

ジムで一時間半待たされている間に膝から下がすっかり冷えてしまったので、ついついうんざりした声がでてしまう。日差しはのぼせるように暖かいのに、身体の芯は冷えたままで、春のこの薄ら寒い感じも苦手だ。

「馬鹿！　建物に入ったら写真送れって言ったろ！」

罵声と共に通話が一方的に切られる。朝、洋館に着くなり新城さんの車に乗せられ、女性の写真を見せられて尾行するように言われた。溜息をつきながら周囲を窺《うかが》い、スマホをかざしてマンションのエントランスを撮る。送ると、すぐに電話がかかってきた。

「黒髪ロングの女と一緒だったろ」

「はい、ジムから」

電話ごしに舌打ちが耳に刺さる。

「そいつ、お友達だわ。毎週ジムやらショッピングやら一緒に行って、どっちかの家でお喋りしてるよ。ったく、セレブだよなあ」

「あの人って次の依頼人なんですか？」

「は？」

「ええと、小川さんの香りの……」

「はあ？　違《ちげ》えし」

投げやりな声がした。

「じゃあ、あの……こういうのってストーキングじゃないですか？　あんまりいいアプローチの仕方とは思えないんですけど……」

「はあー!?　お前、なに言ってんの！」

鼓膜が破れるかと思うような怒鳴り声がして、慌てて耳からスマホを離す。

「え……新城さんが狙ってる人とかじゃないんですか？」

「狙ってる人ぉ？　そいつは浮気調査のターゲットだよ！」

「ターゲット？」

「お前、俺をなんだと思ってんの？　これは興信所の仕事だよ！」

「新城さんって探偵なんですか!?　え、リアルに？」

叫んでしまい、はっと周りを見る。小型犬を連れたマダムや大学生カップルが俺を見ていた。通話口を手でふさぎながら「す、すみません……」と小声で謝る。沈黙から新城さんの怒りが伝わってきて恐ろしい。

「お前……なんでもいいから近くの店入ってなんか買え。で、素知らぬ顔してそこを離れろ。

いいか、絶対に焦った素振りしたり急いで立ち去ったりすんな。ゆっくり堂々と離れろ。三十分後に最寄り駅に迎えにいく」

低い声でよどみなく言うと、俺が返事をする間もなく電話が切れた。平静を装おうにも絶対に顔が青ざめている。

さきほど、女性たちが出てきたパン屋が目に入る。煉瓦《れんが》の壁に飾りけのない木の看板、窓ガラスの向こうに大きな丸い窯が見えた。前に小川朔に言われてパンを買いにきた店だと気付く。

ぎこちなく店へと歩を進める。ドアが開いて、小柄な女性が出てきた。パンの焼ける芳ばしい匂いに混じって清涼な香りがした。

「あ」と声がでる。女性がびくりと足を止め、目が合う。洋館で見かけた時と同じ、地味な紺色のコート。軽やかな服装の人々が行き交う街で、季節に取り残されたみたいだった。

「あの、小川さんの洋館に来ていましたよね」

怖がらせないように一歩下がって言った。女性は俺を見つめたまま数回瞬《まばた》きをして、そっとパン屋のドアを閉めると、数歩ずれて、小さく「はい」と答えた。躊躇いがちに俺の背後に目を遣る。振り返ると、三名ほど並んでいた。頭を下げて脇に逸れる。

店の横に無言で並んだ。ちらりと横顔を窺うと、小さな白い耳が見えた。薄い唇、なだらかな鼻梁《びりよう》、ひとつひとつのパーツが小ぶりで、慎ましい印象を与える。髪と肌に澄んだ光沢があった。俺より少しだけ年上に見えた。

悟られないよう息を深く吸い込んだ。やはり、あの香りがした。初めて小川朔に会った時に嗅いだ、凛とした孤独を感じさせる香り。

「朔さんのお使いですか」

俺を見上げて言い、「若宮《わかみや》一香《いちか》です」と付け足す。

「あ、朝倉満です」と思わず早口になってしまう。「俺、一ヶ月くらい前から小川さんの洋館で働いていて」

「はい、新しい方を雇ったと聞きました。朔さん、ここのパンが好きですよね」

わずかに口元がほころぶ。注意して見ていなければわからないくらいの密やかな微笑みだった。

「そうですね、カンパ……なんちゃらを買いにこさせられました」

「カンパーニュですね。ちょうど焼きあがり時間ですもんね。私も買いました」

女性が胸元で抱いた茶色い紙袋を持ちなおす。パンのしっとりした重みを思いだした。芳ばしさの奥にある、ちょっと生き物めいた匂いも。

「そう、カンパーニュ。名前が覚えられなくて。食パンも違う名前だし。ここのパン、やけに重いですよね」

「食パンはパン・ド・ミですね」

「そう、それ！　間違ってパンの耳を買って帰って、むちゃくちゃ静かにキレられました」

若宮と名乗った女性はふふっと小さく笑った。

「それは朔さん残念だったでしょうね。メランジェという胡桃《くるみ》やドライフルーツの入ったパンもよく頼まれました。ここは粉の管理がいいみたいですよ。天然酵母で時間をかけて発酵させていて、薪を使って焼いているパンはここしかないって言ってました」

懐かしむように目を細める。

「あそこで働いていたんですか？」

「はい」と静かに頷く。それ以上、何も言わない。なぜ今は働いていないのか、訊くつもりだったのに言葉を失う。

「あの、ええと……若宮さんもいろいろ支給されました？　服とか、その……身体につけるものなんかも……」

「はい」と、やはり静かに彼女は言った。

「あー、良かった。俺、自分が臭いのかとちょっと心配になってたんですよね。煙草臭い新城さんがほとんどなんも言われないのになんでなんだろって」

若宮さんはふっと目を逸らして、思案するようにゆっくりと睫毛を上下させた。「私や朝倉さんを」と言って、少し間を空ける。適切な言葉を探しているのだとわかった。話す速度も喋り方もとてもゆっくりで、人によってはじれったく感じそうなものだった。けれど、嫌ではなかった。むしろ心のゆらぎが伝わってくる気がした。大抵の女性は、相対しているだけで皮膚の裏がざわめくのに。この香りのせいなのだろうか。

「香りで染めるのは、私たちがいつかいなくなる人だからだと思います。新城さんや源さんは違います」

「あの人たちはずっといるからってことですか」

「新城さんたちの匂いはもう朔さんの生活の一部なんでしょうね。屋敷のまわりのたくさんの植物の香りと同じように。体臭は、世界にひとつの香りなのだと聞いたことがあります。指紋のように人によって違うと。だから、代えがきかないんです。匂いの記憶を忘れることのできない朔さんにとっては特に」

パンの袋を抱きながら、若宮さんは区切り区切り言った。

「あー、確かに。この間、お客さんにそう言ってました。体臭を求めることは唯一無二の欲望だとも」

「欲望」と、彼女は呟いた。奇妙なほど、その言葉が似合わない人だと思った。佇《たたず》まいや表情が、何か、透明な無機物を思わせる。次に続く言葉を待ったが、「そう、ですか」と彼女は静かに言葉を呑み込んでしまった。

「あ、でも、小川さんがつけている香水って若宮さんのと一緒ですよね」

え、と言うように小さく口がひらいた。

「そうなんですか?」と俺を見上げる。ふいに見せた無防備な顔にたじろぐ。「え、あ、たぶん。いや、そうだと……」しどろもどろになっているとスマホが鳴った。新城さんからだった。まだ二十分しか経っていないが、もう駅についたのだろう。血の気がひく。

「俺、行かなきゃ」

慌てふためきながら言うと、若宮さんは「あの、これ」とパンの紙袋を差しだしてきた。

「私、また買うので、どうぞ朔さんに持っていってください」

「いや、悪いです」

ぶんぶんと首を横に振る。でも、今更お使いではないとは言えないし、列に並ぶ時間もない。「気にしないでください。代わりにこれを届けてもらえますか」と、布製の肩掛け鞄から封筒を手渡してきた。「今日、届ける予定だったんですけど」

一度静かになったスマホがまた鳴りだす。「わかりました」とパンの紙袋と封筒を受け取った。

「すみません！」と走りかけ、ふと振り返る。

「あの坂、どうやって通ってたんですか」

「歩きですよ」

「めっちゃすごいですね！」と驚くと、やわらかく微笑んだ。「おかげで健脚になりました」

すっと頭を下げて、パン屋の列の最後尾に並ぶ。その後ろ姿を見て、風が人の姿をとったようだと思った。それも、気付く人がいないくらいのひっそりした風だ。空地で春の草花を揺らし、枝に引っかかった風船を空に放つくらいの、何かをなぎ倒すことも散らすこともなく、ただそっと抜けていくやわらかな風。

薄く、透けそうに白い月を思わせる小川朔と似ているようで違う。

全速力で駅前へと駆けていると、クラクションを鳴らされた。新城さんの車が突っ込んでくるような勢いでやってきて歩道脇に停まった。後部座席に乗り込むや否や、発車する。シートからずり落ちかけながら、まだ温かい紙袋を両腕で抱いた。

　車窓に張りついていた桜の花びらが剝離して飛んでいく。若宮さんの慎ましい横顔を思いだしながら、愛想笑いをしない女性は初めてかもしれないと思った。


「こいつ、ほんと糞馬鹿！」

　喚きながらどかどか歩く新城さんについて、洋館に入る。騒々しい足音をかき消す勢いで新城さんがまくしたてる。

「おい！　朔！　こいつ、俺の本業が探偵だってわかってなかったぞ。お前が女好き女好きって吹き込むから女の尻を追ってるだけの変態野郎みたいに思ってやがったわ。にしても、満、お前、あんまりに素直すぎねえ？」

　急に振り返られて、びくっと飛びあがってしまう。

「前科とか住んでる場所とか調べられてんだからわかるだろうが」

「すみません」

　何度目になるかわからない謝罪をする。

「探偵とか、まさか本当に存在するとは思わなくて」

「いたるところに浮気調査とかの広告あるだろうが！　尾行するよう言われたら、ふつう察するだろ。お前、まさかまったく隠れないで尾《つ》けてたんじゃねえよな」

怒鳴り続ける新城さんの背後で応接室のドアが開いた。細長い女の手がぬうっと現れ、赤い爪が新城さんの首筋を舐《な》めるようにつたった。新城さんが声にならない悲鳴をあげて飛び退《の》く。

「いい声。そういうの、大好物」

ハスキーな笑い声がした。ざらりとしているのに甘く絡みついてくるようで、ぞくっと鳥肌がたった。

ブーツの踵《かかと》を鳴らして、背の高い女が廊下に出てきた。剃刀《かみそり》で切ったようにまっすぐなボブは烏の濡れ羽のように黒く、手足の長いしなやかな身体はぴったりした黒のライダースで包まれている。切れ長の目には嗜虐《しぎやく》的な光が宿っていた。黒い宝石のように美しい。けれど、嫌なにおいがした。鳥肌が全身に広がっていく。真っ赤に塗られた爪と唇から慌てて目を逸らした。

女は俺には目もくれず、新城さんを壁際まで追いつめていた。

「なに、新城、その態度。城嶋の情報をやった恩を忘れた？」

「いえいえいえ、忘れていません。すみません、いらっしゃっているとは知らず」

「ふうん、じゃあ御礼してよ」

ごつっと鈍い音がした。女は片足を壁に立てて新城さんの退路を塞ぎ、長い爪で耳朶を摘まんだ。

「わー！　待って、待って！　痛いのは勘弁してくださいー」

新城さんが情けない声をあげる。どちらも黒ずくめなのに迫力が違う。てらてらと鱗《うろこ》をうねらせる黒蛇に呑まれかかっている黒鼠《くろねずみ》のようだった。嫌なにおいが強くなる。身体がかたまって動けない。俺も鼠になってしまった。

「仁奈《にな》さん」

小川朔の静かな声がした。瞬時に息がしやすくなる。

「新城で遊ぶのは後にしませんか」

すっと女の背筋が伸びた。「そうね」と新城さんを解放して、さっさと応接室に戻っていく。「朝倉くん、お茶を淹れてきて」ちらりと小川朔が俺を見る。一瞬、銀縁の眼鏡を外し、目を細めて俺の手のパンの紙袋を見た。思わず、ぎくりとする。

「昨日、作ったお茶のことだよ」

「はい」と逃げるようにその場を離れる。背中に小川朔の視線を感じた。

階段下の物入れから、洋館での服を取りだし、台所へと急ぐ。やかんに水を張り、コンロにかけてから着替えていると、こそこそと新城さんがやってきた。

「おい、忠告しておいてやる。誘われても絶対にあの女には手をだすなよ。顔もスタイルも抜群だが、でかい組の次期組長の娘だからな」

「だしませんよ。てか、無理ですよ」

あんな凶暴そうな女、と言いかけて呑み込む。応接室のドアが開けっ放しだったような気がした。

「あいつ、いたぶれる男なら誰でもいいんだよ。血を見るのが大好きなドSだ。常連だからちょくちょくくるけど、いいか、目も合わせるなよ」

血という単語に心臓が跳ねた。沸いた湯でポットを温め、小川朔がブレンドしたばかりのハーブティーを淹れる。昨日、源さんと俺が山盛り摘んできた蓬《よもぎ》を煎って、ドライのペパーミントやレモンバームなどを混ぜたものだ。森も庭も日々、旺盛な緑に染まっていく。鼻を抜ける香りに深呼吸をする。

「あいつが帰るまで外にいるわ。源さんにこき使われるほうがまし」と、新城さんは勝手口から出ていった。蓬のパウンドケーキを素早く一切れ取っていくのは忘れない。

ワゴンに差し湯のポットと茶器を載せて応接室へと運ぶ。案の定、扉は開いていて、小川朔の声が聞こえた。

「今回は、レザーノートに樹々の香りを足しています。リナロールというリラックス成分を含む黒文字《くろもじ》や椴松《とどまつ》の枝葉、控えめなローズ、そして、風藤葛《ふうとうかずら》でスパイシーさを足しています。胡椒科の、ぴりりとした赤い実なんですよ」

数秒の沈黙の後、「いいわね」ときっぱりした声がした。

「空気がぬるくなってきたから、こういうシャープなのが欲しかった。でも、変化してくるわよね」

「もちろん」

「恋人が言うの。小川さんの香水はあたしの肌にのってからめきめきと鮮やかになるって」

わずかに声がまるくなった。「そうなるよう作ってます」と平坦な声が応じる。「失礼します」と声をかけ、俯《うつむ》いたまま部屋に入る。苦みと青臭さの混じった獰猛《どうもう》な香りがした。針葉樹の森に潜んだ獣を彷彿《ほうふつ》させる。さっきまで女の周りにただよっていたにおいが、小川朔の作った香りによって覆われていてほっとする。

ティーカップを低いテーブルに置く。女はひとくち飲んで「なにこれ」と言った。「クールなのに仄《ほの》かに甘い。なんだか懐かしい感じもする」

「蓬ベースのハーブティーですね」

「へえ、蓬。和菓子以外にも使えるんだ」

「蓬はハーブの女王ですよ。仁奈さんにぴったりかと。血行を良くして、老廃物を体外に排出します。食べるだけでなく、古来、止血薬としても使われていました」

女の手がかすかに止まった。「止血ね」と赤い唇でにんまりと笑う。「ねえ」と俺を見た。「噂話《うわさばなし》はもっと小さい声でするもんだって新城に言っておいて」

革のパンツを黒光りさせて脚を組む。

「でも、新城が言っていたことは本当。あたし、血を見るのが好きなの。血塗《ちまみ》れの男じゃなきゃ昂奮しない。男って、セックスする時無防備なのよね。まさか自分たちが女に傷つけられるなんて思っていない。想像したこともない。だから、面白いの、自分の血を見たときの唖然《あぜん》とした顔が」

喉の奥で笑う。小川朔は黙ったまま透明な小瓶を布に包んでいた。俺だけがまた動けなくなっていた。こめかみで血管がどくどくと音をたてていた。小川朔の作った香りで抑えられていた女のにおいがまたたちのぼってくる。目の裏を赤いものがよぎる。ああ、これは、血の匂いだ。

「だから、小川さんに傷口の香りを作ってもらったの。好きな人を傷つけずに済むように。でもねえ」と、小川朔を見る。小川朔は無表情のまま、どこを見ているかわからない目をしている。銀縁の眼鏡はかけられていない。

「必要なかったみたい。だって、女は毎月、血を流すでしょう。小川さん、気がついてたんじゃないの。あたしの恋人が女性だって」

「そうですね」と、小川朔が短く答えた。

「じゃあ、なんで傷口の香りを作ったのよ」

「それがあなたの依頼でしたから。僕が嗅ぎとれるのは現在の状態と、残り香に刻まれたわずかな過去の情報のみです。香りが及ぼす作用までは予測できない。未来がわかるわけじゃない。だから、依頼人の選択を尊重するんです」

仁奈さんが悪戯《いたずら》っぽい顔をした。

「結果が知りたかったんじゃない？」

小川朔はしばし口をつぐんだ。

「どうでしょう。少なくとも、今のあなたからは血の匂いはしない。欲望を持て余してもいない。結果は訊くまでもなく嗅ぎとれていますので」

仁奈さんは大きな口をあけて愉快そうに笑った。ひどく歯並びがいい。どこもかしこも整った人なのだと気付く。

「あたしさあ、初潮を迎えた時、すっごく嫌だったの。吐くくらい泣いた。最近まで忘れていた。でも、恋人に月のものがくるとね、すっごく愛おしいの。もしかしたらフェアじゃないって思っていたのかもしれない。あたしたちばっかりが血を流すのが。だから、あの時くらい男たちを血塗れにしてやりたかったのかも。そう思ったら、なんか憑《つ》きものが落ちた感じになっちゃって。あたしのは、欲望じゃなかった。あたしは血が好きなんじゃなくて、男が憎かったのかもしれない」

ティーカップに手を伸ばして唇につける。仁奈さんは時間をかけて一杯を飲み干した。その間、小川朔は何も言わなかった。

静まり返った部屋に、カップをソーサーに置く硬い音が響いた。「でも」と仁奈さんが顔をあげる。

「経血の香りを作ってよ。あたしの恋人の月経周期、ほぼ月と同じで、あの日がたいてい満月なの。その晩だけあたしが妙に昂奮するから狼女とか言われちゃっているの」

あっけらかんと言い、「お願いね」と腕を組む。小川朔は「強欲ですね」と、少しだけ微笑んだ。「仁奈さん、欲望も変化するものなのですよ」

「そうね」と仁奈さんは赤い唇で笑った。はっとした表情になり、「月経といえば」と小川朔を見る。

「ネット上ですごい値段がついている香水があるの知ってる？　月齢に合わせた香りのシリーズ。月経不順が治ったとか、生理痛が和らぐとか、噂になってるみたいよ。今は発売されていないけれど、小川さんが昔いた会社のよね。作ったの、小川さん？」

小川朔は答えなかった。銀縁の眼鏡を胸ポケットからだしてかけ、ティーカップに口をつける。

「あの商品は不完全ですよ」とだけ言った。

終わりの合図だった。


仁奈さんが帰っても、小川朔は応接室のソファにいた。いつも依頼人と話す時に広げているノートになにやら書き込んでいる。

「あの人、本当に治ったんですか？」

数秒の間の後、顔をあげる。

「治ったとは？」

「人を傷つける癖ですよ。癖っていうか病気ですよね。なんか、気のせいかもしれないけれど、あの人から血の匂いがしたんですよね」

小川朔はノートを閉じると指を組んだ。

「僕にはここ数ヶ月で血を浴びた匂いは感じられなかった。衣服についた残り香にはわずかにあったが、それもずいぶん前のものだ。君が嗅ぎとっているのは気配かもしれない」

「気配」

「ほら、疑わしいことを、におう、とか言ったりするだろう。君は暴力の気配に過敏なんだね」

過敏という言葉に胸が引っ掻かれたようにちりっとする。

カチャカチャとわざと茶器の音をたてながら「俺、その言葉あんまり好きじゃないです」と呟く。気にしすぎ、と言われているようで居心地が悪かった。実際、いままで言われたことが少なくなかった。瞼の裏で、赤いものがゆらめく。あんたのせいで。あんたが神経質だから。甲高い声が頭の中で響く。こめかみを押して目を瞑《つぶ》った。

「暴力の気配には過敏なのに、新城が興信所をやってることには気がつかなかったんだって？」

「あ、はい」

「考えることを放棄していた？」

どうだろう。わからなかったので「そう、かもしれません」と肯定しておいた。

「暴力に敏感なのは情動を刺激されるからだね」

答えたくなかったので「わかりません」と答えた。小川朔は灰色の目でこちらを見た。嗅がれる、と身が強張る。

「ここにいると自分の匂いが消えて、違う自分になれたような気がするんです。だから、余計なことを考えずにいたくて」

かすかに小川朔の表情がゆらいだ。すっと立ちあがる。

「前にいた人もそんな感じだったよ」

紺色のコートを着た小柄な後ろ姿がよみがえる。あの静かな風のような人。

「一香さんから預かったもの、あるよね。パンじゃないよ」

すれ違いざまに小川朔が言った。すっかり忘れていた。まずい。振り返った時にはもう応接室の扉は半ば閉まっていて、階段を上がっていく控えめな足音が聞こえた。「小川さん!」と慌てて廊下に出る。同時に玄関扉が勢いよく開いて、「あー冷えた冷えた。満、なんかあったかいもんー」と身を縮こめた新城さんが入ってきた。

「朔は?」

「いま二階に」

「あー」と頭をがしがしと掻く。俺は二階には上がらないようにと言われているが、新城さんが階段を上っていくところも見たことがない。手すりにもたれながら「おーい、朔」と呼んでいる。

「上には行かないんですか」

新城さんはちらっと階上に目を遣ると、声を落とした。

「あいつ、仕事部屋や寝室に人を入れたがらないんだよ。前いた子だけは特別だったけど」

訊き返そうとすると、「新城」と小川朔が下りてきた。「大声をださなくても、いることはわかる」

「あーはいはい」と、新城さんは呼んだくせに背中を向ける。

「新城、これを一香さんに届けてくれ。入浴剤だ。春のせいか、彼女のホルモンバランスが乱れている。鬱滞を改善するローズゼラニウムや交感神経を鎮静させるネロリが入っている」

「ホルモンバランスって……そんなこと伝えたくねえよ」と新城さんがうんざり顔をする。

「自分で持ってったらいいだろが」

「朝倉くんを勝手に連れだした借りがあるだろう。おまけに蓬のパウンドケーキも断りなく食べたな。何度も言ってるが、どうしてばれないと思うんだ」

「お前だって、先週、せっかく連れてきた客を怒らせただろ！　めちゃくちゃ金払い良さそうなマダムだったのによ」

「上質な香りをというから、まずは部屋の掃除からと言っただけだ。どんなに素晴らしい香水を身に纏っても、不衛生な部屋に住んでいたら台無しだ。不健康な臭いは消せない」

「客のプライベートに踏み込むなよ。若い恋人の前で汚部屋指摘したら恥かかせることくらいわかるだろ」

「あれは恋人じゃない。おそらくホストで、他に身体の関係を持っている女性が五人はいる。そもそも一人で来るようにと言ってるはずだ」

「だから、嫌がらせしたのかよ！」

「事実を伝えたまでだ」

歳を取ってもこんな調子なんだろうな、というような不毛な小競り合いを眺めた。訊きたいことがあったが、諦めてティーカップを片付けようとした時だった。新城さんが俺の肩にどしっと肘を置いた。

「つーか、明日も満を貸してくんない？　そしたら、一香ちゃんに届けてやるわ」

「いい、もう郵送する」と、小川朔は偏屈爺みたいな意地を張る。

「頼むよー、だって、もう三ヶ月も追ってんのに、ぜんぜん尻尾摑めねえんだもん。旦那は絶対に浮気しているはずだって言うけど、まったくそんな素振りねえし。お友達と遊んでるだけでさ。さすがに俺の顔も割れてきただろうし、尾行にこいつ使わせてくれよ」

ぐいぐいと体重を預けてくる。重いですって、と押しのけようとして、新城さんを壁に追い詰めていた仁奈さんを思いだした。

――あたしたちばっかりが血を流すのが
まるで十代の女の子のような顔をして話していた。そういえば、あの時だけはぎらぎらした血のにおいがしなかった。はっとなり、背筋を伸ばす。

「お友達じゃないのかもしれません」

そう言うと、俺の肩からずり落ちかけた新城さんが「あ？」と口を半びらきにした。

小川朔がかすかに目を細めて、「新城、貸しにしてあげようか」と言った。

暮れだした空気の中、ヤニ臭い新城さんの車に乗り込んだ。小川朔は助手席に座り、銀縁の眼鏡とマスクをつけたまま外を見つめている。

新城さんは「最初っからお前に頼めば良かったわ」とぶつぶつ言いながらたて続けに煙草を吸っている。火を点けるたび窓は開けるが、車内は白くけぶっている。小川朔は何も文句を言わない。「単に新城が探偵に向いてないだけだろう」と、いつもの嫌みを返している。突っかかる基準がわからない。

桜が薄闇の中、ぼんやり発光するように咲いていた。周囲の景色を滲ませる桜並木の黒々とした幹が妙に目立った。

昼間、若宮さんと話したパン屋の傍に車を停める。斜め前に、二人の女性が消えていったマンションが見えた。パン屋にはもう閉店の札がかかっていた。若宮さんはちゃんとパンが買えたのだろうかと思う。

小川朔と新城さんは言い合いをするのに飽きたのか黙っている。煙草のけむりだけが二人の間に流れていた。

「お二人の付き合いは長いんですか？」

沈黙に耐えきれず訊くと、「まあ」という新城のぶっきらぼうな声しか返ってこなかった。小川朔に至っては返事すらない。声をかけたことを後悔して、俺も黙り込む。

一時間ほど経っただろうか、うとうとしだした頃、マンションのエントランスに細い影がふたつ並んだ。シルエットだけでも楽しげに話しているのがわかった。顔を寄せ合い、何かを言い交わしては、身体中で笑っている。

俺が尾行していた女性はベージュのスプリングコートのままだったが、スカーフの結び方は変わっているように見えた。もう一人の黒髪の女性は肩の大きく開いたニットにゆるいパンツとくつろいだ服装になっていた。

ふと、ベージュコートの女性の足が止まる。次の瞬間、こちらへ足早に歩いてきた。

「あ、やべ」と新城さんが身を起こしたが、エンジンを入れる前に女性が運転席の窓ガラスを軽く叩いた。新城さんがダッシュボードの上からサングラスを取ってかける。

小川朔は何の躊躇いもなく窓を下ろした。「おい！　朔！」と新城さんが声をあげる。

「こんばんは」と小川朔がマスクを外して落ち着いた声で言った。

女性は小川朔の座っている助手席側へやってくると、緊張した顔で「こんばんは」と返した。

「ねえ、あなたたち、興信所の人でしょ。この車、何回も見かけたから。夫が興信所に依頼しているのは知っています。私、何度もあなた方が提出した報告書を夫に見せられました。夫には、好きな人ができたから別れたいって言ってます。でも、報告書を前に言われるの。君の言う恋人はどこにいるって。友人と遊んでいるだけじゃないかって。なにも不貞なんかないから別れる理由がないと。信じたくないの、あの人は、女に妻を寝取られたことを」

女性は息もつかせぬ勢いで喋った。頰が紅潮しているのが、暗い中でもわかった。かすかにアルコールの匂いもした。

「亜里沙《ありさ》」と後ろからやってきた黒髪の女性が肩にそっと手を置いた。

「公衆の面前でキスでもしたらいいのかもしれない。でも、わざわざそんなことしたくない。だって見世物じゃないもの。男女だったら同じマンションに入っただけで不貞の証になるのに、どうして私たちじゃ駄目なの？　愛し合っているのに、認められも責められもしないなんて。私たちの関係なんてないように扱われる」

　か細く、切実な声だった。「そんなことはありませんよ」と小川朔が言った。静かな水面のような声だった。いまにも泣きそうになっていた女性が気圧されたように口をつぐむ。

「僕からしたら、まぎれもなくお二人からは肌を合わせている匂いがする。互いの肌や体液の匂いが色濃く染みついています。けれど、それを万人に証明したとしても全員を納得させられるわけじゃない。肌を合わせているからといって、愛し合っている証拠にもならないし、正直、不貞の基準は人それぞれだと僕は思います。人は見たいものを見て、信じたいものを信じます。あなた方の関係を見ないようにしている人に認めさせることはできないんです」

「報告書に事実を書いてください」

「事実は書くけどさ、それをどう捉えるかは依頼人次第ってことだから」と新城さんが口の端に煙草をぶら下げながら言った。

　女性が唇を噛んだ。「戦います」と搾りだすように言う。

「そうだな。まあ、俺はもうこの依頼は受けねえし」と新城さんは言って、助手席の窓ガラスを勝手に閉めた。車を発進させる。女性たちは寄り添ったまましばらく見ていた。小さくなっていく彼女たちの背後に淡く夜に溶けかかった月が見えた。

「満月だね、春霞《はるがすみ》でけぶっているけれど」

振り返りもせず小川朔が言った。

「見なくてもわかるんですか」

「わかるよ」と歌うように言う。

「月が満ちる晩は騒がしい。信じるか信じないかは君次第だけど」

「月が騒ぐんですか？」

訊いたけれど説明はしてくれなかった。新城さんは黙ったままスピードをあげた。

「匂いは証拠にはならないんですか？」

落ち着かなくて、また訊く。

「ガスクロマトグラフィーにかけて科学的に成分を検出すれば、あるいは」と、今度は答えてくれる。

「でも、基本的には主観的なものだからね。君の感じている世界を誰かにそっくり体験させることはできないだろう。誰もがそれぞれの世界で生きている」

「でも、そんなの」と言いよどむ。その通りだと思うのに抗いたい気持ちがあった。

「なんか寂しくないですか」

「当たり前のことだよ」

しんとした声が返ってくる。俺を過敏と言った人は、俺よりもはるかに孤独な世界に生きている人だった。

4
Flower Moon

土やアスファルトの上の空気がもやもやと揺れている。

桜が散ってから、暖かいというよりはもう暑い。俺は汗だくになりながら高級住宅地を自転車で走り抜ける。和洋を問わずどの豪邸にも整えられた庭があり、競い合うように花を咲かせている。クリスマスの時期になると、この辺りはイルミネーションの洪水になるとバイト先で聞いたことがあった。けれど、花も負けていないと思う。赤、黄、ピンク、紫、白……鮮やかな色が視界の端を染めては消えていく。匂いもすごい。陽光で暖められ、混ざり合う花々の匂いは、デパートの化粧品売り場を彷彿とさせた。

森に入るとすっと温度が下がり、ほっと息がもれる。高い樹木で空が覆われ、昼間でもほんのりと暗い。木漏れ日が静かに下草に落ち、小指の先ほどの小さな花がちらほらと咲いている。

しかし、蛇行する坂道は地味につらい。

こめかみをつたう汗を拳で拭い、脚に力を込めようとして、ふと視線を感じた。

振り返ると、森の入り口に小太りの男性が立っていた。毛足の長い、大きめの犬を連れている。俺の視線に気付いたのか、犬が一吠《ほ》えした。長い毛がつやつやと輝く。良く手入れされた、いかにも金持ちが飼ってそうな犬だった。高級住宅地の住人だろう。男性はリードを引いて犬をたしなめると、慌てたようにきびすを返した。犬だけがふさふさした尻尾を振りながら何度かこちらを見た。

ときどき、こういうことがある。源さんからは、森も洋館の敷地なので、業者や依頼人以外の人を見かけたら私有地だと注意するように言われていた。小川朔も源さんも人嫌いだ。けれど、高級住宅地の人々が森に入ってこようとする気配はない。森へと自転車を漕ぐ俺を遠巻きに眺めているだけだ。

「偏屈だもんなあ」と、思わず呟きがもれた。あの小川朔が円滑な近所付き合いなんかしているはずがない。おまけに見るからにがらの悪い新城さんが出入りしている。ヤクザの親玉の隠れ家とでも思われているのかもしれない。溜息をつきながら立ち漕ぎをしていると、樹々の隙間でちらちらと人影が動いた。

小柄な後ろ姿。長い坂道を、急ぐでもなく一歩一歩ゆっくりと上っている。風にのって清涼な香りが届いた。

「若宮さん！」と声をかける。俺の前に洋館で働いていた彼女は唯一、この森に入ってくる人だ。歩みを止めた足が静かにこちらを向いた。

突然、赤が目に入った。

生成りのワンピースを着た胸が真っ赤に染まっている。

ぎくりとしてブレーキを握ってしまう。軋んだ金属音に、若宮さんの華奢な肩が縮こまる。

一瞬、血塗れに見えたそれは深紅の薔薇だった。彼女は紙でまとめられただけの薔薇の花束を抱えたまま、わずかに口をひらいて俺を見つめていた。

「あ……すみません、うるさくして」

いいえ、というようにそっと首を横に振り、「おはようございます」とやわらかい声で言う。

薔薇の花がかすかに揺れた。強い赤が目につく。つるつるした包装紙もリボンもない花束だったが、そのせいでより花が目立ち、森の深い緑とのコントラストが鮮烈だった。一度跳ねた心臓はまだ早鐘を打っている。若宮さんの姿がかすむ気がしてなんとなく目を逸らすと、彼女が微笑んだ気配がした。

「薔薇の季節ですね」

「薔薇」

「たくさんもらったのでお裾分けです。朔さん、お好きなので。とは言っても、すこし眺めて源さんに渡されると思いますけど」

「花、飾らないんでしたっけ」

「切り花が朽ちていく匂いが駄目みたいです」

若宮さんの顔を見ようとすると、どうしても強烈に赤い薔薇が目に入ってしまう。どの花もはしたないほどに花びらをひらき、彼女の腕からこぼれんばかりに咲いている。

「もう香りは届いているかもしれないですね」と若宮さんが呟くように言う。

「なんていう薔薇ですか」

花の名など興味はないのに、他に何も浮かばなくて訊いた。

「クリムゾンスカイ」

「クリムゾンスカイ」と頭に留められない単語をただくり返す。

「真紅の空、という意味らしいです」

若宮さんはちょっと首を傾げて続けた。「夕焼けのことでしょうか」

返事ができなかった。俺の頭の中には赤い月があった。赤い月が浮かぶ空。なぜか、俺はその空を見下ろしている。ぐにゃりと眩暈《めまい》がした。

「朝倉さん」

静かな声が近くで響いた。いつの間にか、若宮さんが俺の自転車のハンドルをそっと摑んでいた。こういう時でも身体に触れてこない慎ましさがありがたかった。

「大丈夫ですか。顔が青いです」と、白いタオルハンカチを差しだしてくる。洗いたての健やかな匂いと、好ましいあの香りがした。小川朔が身に纏っていた、凛とした孤独を感じる香り。息を深く吸う。ただの、花だ。

作り笑いをして「腹、へっちゃって」と馬鹿っぽく言った。

「なんで花だけ受け取って、一香ちゃん帰しちゃうんだよ！」

居間の椅子で新城さんが喚いた。どかっと音をたて、片足を隣の椅子に乗せる。ワックスをかけたばかりなのにと思うが、言えない。

「ひさびさに一香ちゃんの飯、食いたかったのにな」

マグカップのコーヒーをすすりながらぶつぶつと文句を言う。小川朔はコーヒーが苦手で豆の入った缶に触れようともしないので、自分で淹れたのだろう。台所に行くと、案の定、ミルは出しっぱなしで、作業台にはコーヒーの粉が散らばっていた。

消毒液を吹きかけて念入りに拭く。掃除をする時、いつも思う。一体どれくらい清めれば匂いを完全に消すことができるのか。もちろん小川朔にとってだ。俺は作業台に鼻を近付けてもアルコール臭にむせるだけで、コーヒーの匂いの粒子を一粒たりとも拾えない。でも、コーヒーを飲んだ人の酸っぱいような吐息は尖った気分になるので、すれ違っただけでも感じてしまう。もしかしたら匂いは消すことはできず、違うものに変化していくだけなのかもしれない。

新城さんがまた何か言った。「だって、あの坂を歩かせるのは酷じゃないですか！」と大きな声で返す。通勤の途中で買ってきた食材を冷蔵庫に入れていたら、ぬっと黒い影が台所の床に伸びた。

「お前さあ、空気読めないわけ？　薔薇を一目見せるためだけにわざわざこんなとこくると思う？」

「へ」

「薔薇なんて山ほどあるんだからよ。ほれ、さっさと水切りしないとあいつがうるせえぞ」

赤い花束を片手で持って窓を指す。源さんが手入れをする庭には薔薇だらけの一角があった。このところ、小川朔は毎日のように咲いた薔薇を摘み取り、蒸留器にかけている。

「でも、預かりますよって言ったらあっさりでしたよ」

「まあ、一香ちゃんはなあ。顔を見たいとか言わない子だからな」

「え、あの二人ってそういうアレなんですか」

「そういうアレ」

ひやりとした声がした。新城さんが「うげ」と喉の奥で声にならない音をたてる。音もなく階段を下りてきた小川朔が居間で腕を組んで立っていた。猫みたいに気配がない。

「アレ、とは?」

目を細めて俺を見る。

「いえ、なんか、ほら、付き合っているのかなとか……」

言ったそばから後悔がわきあがる。小川朔の目には軽蔑の色がありありと浮かんでいた。いつもどことなく輪郭のはっきりしない目が、これほどまでに色をあらわすのを初めて見た。男女のこととなると饒舌《じょうぜつ》になる新城さんも目を逸らして、わざとらしく冷蔵庫の野菜室を開けたりしている。

ふと、小川朔と若宮さんの会話を立ち聞きした時のことを思いだす。二人はとても静かに、何かを慎重になぞるように言葉を交わしていた。あの、哀しいような、くすぐったいような空気。これは触れてはいけない領域だった。

「一香さんから渡されたものがあるね、クリムゾンスカイ以外に」

「はい！」と飛びあがり、買い物用の布バッグから封筒をだす。前にも渡されたことのある封筒だ。紺色の蠟《ろう》で封がしてある。小川朔は無言で受け取る。「それ、なにー」と気味の悪い猫撫《ねこな》で声をあげながら新城さんが覗き込もうとする。小川朔はさっと背中に隠しながらも、「ラベルだ」とめずらしく素直に答えた。

「ラベル？」

「一香さんはカリグラフィーの勉強をしている。香りに合った書体でラベルを作ってもらっているんだ」

「へえ」と、たいして興味なさそうに新城さんが煙草を咥えた。「外で吸え」とぴしゃりと言われて肩をすくめる。

「だから、これは」小川朔が封筒を軽く持ちあげて、俺と新城さんを順番に見た。「仕事ということだ」

それから、居間のテーブルの上のメモを指した。

「シャワー、着替え、ここに書かれているものを」

平坦な声で俺に指示をだすと、すっときびすを返して部屋を出ていった。階段を上る音が聞こえなくなると、新城さんが「仕事ったって、あんな小さな封筒を郵送しないでわざわざ持ってくるんだからさあ……」とぼやくように言い、床に落ちた赤い花弁を拾った。

「小川さんってどの程度まで嗅ぎ取れるんでしょうか」

俺が呟くと、新城さんは「どういうこと」と眉間に皺を寄せた。

「前はパン、今日は花束、若宮さんから手渡されたものがあるから匂いで気付いたんですよね。会っただけだったらどうなのかなって」

新城さんは頭をがしがしと掻いた。

「俺にはあいつの世界はわからんから、なんとも言えねえな。けど、女関係はすぐにばれるな。この間も付き合ってる二人を当てただろ。例えば、夜の店のおネエちゃんがサービスで頬とか首にキスしてくれるとするだろ。口紅を拭いたって、唾液の匂いは残る。俺らには嗅ぎ取れなくても、あいつにはわかる。唾液には、あらゆる情報があるらしい。性別、煙草を吸うか吸わないか、その日なにを食ったか、健康状態、その他もろもろ」

摘まんだ花弁を指先でぴらぴらと振って、自分の浅黒い首にあてた。痣《あざ》より口紅より鮮やかな、血を塗りつけたような赤が肌に咲く。

「あいつにとってはこれくらい鮮明なんだろうよ」

「じゃあ、触らなきゃわからないってことですか？」

花弁を鼻先に押しつけられる。ひやりとした花の体温に鳥肌がたつ。わわ、と変な声がもれた。

「喋ってたって唾液は飛ぶだろ。だから、前に一香ちゃんのホルモンバランスの乱れとかがわかったんだろうし、俺らには気がつかない方法で匂いの素《もと》が付着するのかもしれないしな。あいつの感じている世界は想像もつかねえよ」

投げやりな口調で新城さんは言い、「なに考えてんのか知らねえが、あいつに隠し事なんて無理ってことだよ」と大きなあくびをした。

血潮を浴びているようなものなのかもしれない、と思った。嗅覚を可視化できるのなら。誰もが匂いという鮮烈な色を放ち、まき散らしているとしたら、それはさぞかし騒がしい世界だろう。

ライターを手の中で弄びながら新城さんがぶらぶらと勝手口へ向かう。「あ、今日一人、依頼人くるからな、昼の一時」と振り返る。

「どんな人ですか」

「なんか、地味なやつ。たいして金にもならなそう」

新城さんは背中で言うと、「朝飯の支度できたら呼んで」と外へ出ていった。捨てるタイミングを逸した赤い花弁が俺の手の中でぬるまっていた。それがゆっくりと萎《しお》れていくのを感じた。

籠とメモを持って庭園に出る度に、眩しさに目がくらむ。ここに来た頃、廃園のようだと思った殺風景な庭は、今や色に溢れている。花が咲き、地面が見えないほどに緑が生い茂り、翅虫《はむし》の唸りが耳をかすめる。

高級住宅地の庭と違うのは、花よりも緑が多いことで、それらが異様に生き生きとしているところだ。雑草もなく、きっちり区分けされて植えられ、確かに手入れはされているのだが、剪定《せんてい》されてはいない。植物はどれも伸び伸びと新芽をひらき、生命力に満ちあふれている。育つというよりは、膨れあがっていく、という言葉がしっくりくる気がする。洋館が緑に呑み込まれそうだ。

俺は毎日、メモに記されているハーブを摘む。青々とした新鮮なハーブに湯を注いだハーブティーを小川朔は毎朝飲む。

厨房で働いていたので、少しは香辛料に詳しいつもりだった。けれど、店で使っていたものはほとんどがドライで、生のハーブはちょっと盛りつけの飾りにするくらいだった。おまけに、名前に聞き覚えはあっても、菜園の真ん中でいざ摘もうとするとわからなくなった。チャービルと間違えて人参《にんじん》の葉を千切り、源さんに怒鳴られる。ローズマリーやタイムやディルなどはかろうじて判別できるが、レモンバームとミントの見分けができない。オレガノなんて生の葉を見たことがなかった。「英国では、長生きしたければ五月のセージを食べろというそうだよ」と、しょっちゅう小川朔から採ってくるよう言われるセージは種類が多すぎる。コモンセージ、チェリーセージ、スパニッシュセージ、パープルセージ、クラリセージ、ゴールデンセージ……どれも香りが違う。今は花の盛りなので、花の色で覚えろと源さんに言われるが不安でいつも訊いてしまう。ミントも種類が多い。甘みが強いスペアミント系と、清涼感のあるペパーミント系に分かれるが六百種以上存在するのだと言われ驚いた。アップルミント、ベトナムミント、オーデコロンミント、ニホンハッカ……菜園にも無数にある。

結局、俺は何も知らなかった。飲食店で働くことが多かったが、接客が苦手だったから厨房にいただけで、スーパーのラベルや香辛料の瓶に書かれた品名を鵜呑《うの》みにし、ひとつひとつのハーブの香りに向き合うことなく、なんとなく調理をしていた。そのハーブがどんな風に生長し、どんな花をつけ、どんな葉を茂らせるのか、考えたこともなかったのだと思い知らされた。

そして、ただ摘めと言われても、料理によって葉を使うか、茎ごと使うか、違った。香りの出方もまるで違う。俺は時折、間違えた部位を千切って、小川朔にやり直しを命じられ、無駄に植物を傷つけるなとまた源さんに怒鳴られた。とにかく源さんがいなくては、葉っぱ一枚摘めない。植物を愛する源さんの前で迷いながら摘むと叱られる。なので、俺は小川朔のレシピを熟読するようになった。何度も読むうちに、調理スピードがあがり、失敗が減っていった。

メモを片手に庭園を歩きまわる。斜めになった細い筆跡がいかにも小川朔らしい。この内容なら源さんに助けてもらわなくても大丈夫そうだとほっとするも、メモの最後に書いてある「ローズ・ド・メ」の文字にわずかに気分が曇る。薔薇だ。

誰かに花を贈ったことはなかった。施設で親でもない人にカーネーションをプレゼントする日があったが、俺はがんとして参加しなかった。可愛《かわい》げがない、感謝の気持ちがないのかと大人たちに陰口を叩かれたが、赤いカーネーションが嫌だった。若宮さんのように一心に坂道を上り花束を届けたいと思える人は、俺の人生にはいなかった。

だから、知らなかった。花がひんやりとしていることを。特に薔薇だ。小川朔に言われて咲いたばかりの薔薇を幾つも幾つもほどいた。薔薇の花弁はしっとりと指に吸いつくように柔らかく、ひやりと冷たかった。女の肌に似ていると思った。両の掌《てのひら》で大輪の薔薇を包み、親指に力を込めると、花弁ははらはらと散った。白や黄、ピンク、薄紫ならいい。けれど、赤はいつも眩暈がした。指の間から音もなく落ちていく花弁が血に見えてならなかった。

庭園の、日当たりの良い一角に蔓薔薇《つるばら》の垣根がある。その中は薔薇園だ。遠くからでも眩《まばゆ》い。薔薇たちは華やかで、花に興味のない俺でも目を奪われる。愛でられるために咲くことを誇りに思っている気がする。そんな輝きのある花だった。

垣根のアーチになった箇所から入ろうとして、くすんだ色があるのに足が止まる。

薔薇園の真ん中に人がいた。生地のへたった地味なスーツを着て、ぽかんと口をあけて周囲の薔薇を見回している。邪気のない、くりくりと丸い目をした、小柄な男性だった。あんがい若そうで、俺と同じくらいに見えた。いくつも横皺の入った革靴は踵がかなり摩《す》り減っている。営業かなにかの人だろうか。

「あの」

声をかけると、男性は飛びあがった。狼狽《ろうばい》した口調で「すみません」を連呼する。

「すみません。お庭があまりに素晴らしくて、勝手に入ってしまいました。あの、あの、新城さんの紹介でお約束があって。すみません、調香師さんのお宅で間違いないでしょうか」

「あー、そうですよ」

「迷ったらいけないと思ったら、早く着きすぎてしまったんです。すみません」

息を吐くように謝る人だなと思ったが、ここの洋館は謝らない人間しかいないので新鮮に思え、まじまじと眺めてしまった。男性はそんな俺の不躾《ぶしつけ》な視線に、顔をくしゃっとさせて笑った。まるで、悪意はないのだと犬が腹を見せるような笑顔だった。

「ここら辺、時間潰すもんなんもないですもんね」

しかし、それにしても早い。俺は昼の一時と聞いていた。念のため、「何時って言われてます？」と訊くと、「十一時です」と返ってきた。俺の表情を見て、「あ！　僕、間違えてました か？」と慌て、本当に申し訳なさそうにまた謝った。出直します、という男性を引き止める。

「いや、ここの坂、本当にきついんで。他に用事がないならいてください」

「あ、じゃあ、僕、薔薇を見ていますね」

「一時まで？」

「薔薇、好きなんですよ。ここ、すごいですね。天国かと思いました」

明るい笑顔だった。目尻にいっぱい入る皺が優しそうだ。明らかに下働きっぽい俺にも丁寧な言葉遣いで接してくれる。横柄な客が多いので、好感がわいた。

「けっこうここ暑いんですよ」と言っても、「気にしないでください。僕が時間を間違えたのが悪いんですから」とにこやかに言い、愛おしそうに薔薇を眺める。絶対に新城さんが間違えた気がする。

「小学校の時、美化委員で、薔薇を植えたことがあったんですよ。どのクラスも咲かなかったのに僕の花壇に一輪だけ咲いたんです。真っ白な薔薇でした。僕のために咲いてくれたんだと思った」

はっと振り返る。

「気持ち悪いですね、すみません」

「いえ、思ったことを謝らなくていいです」

つい強い口調で言ってしまい、慌てて見たが、男性は丸い目をますます丸くした後、「そうですね」とまたくしゃりと笑った。こんな善良そうな人の前で薔薇を切るのがつらい。

ローズ・ド・メはダマスクローズと並ぶ、香料用に適した薔薇だ。今月に入ってからもう何度も収穫していた。もりもりとキャベツのように花弁を重ならせたピンク色の薔薇で、源さんに訊かずともわかった。日が高くなる前に摘まないと、良い香りが採れないそうだ。嗅覚における花の命は、視覚のそれよりずっと短いと小川朔は言う。もたもたしていると使いものにならない薔薇を摘んでしまうことになる。

意を決して花の頭を片手に持ち、がくの下を剪定鋏《せんていばさみ》でバツッと切ると、案の定、息を呑む気配がした。

「なんか、薔薇好きの人の前ですみません……雇い主からの指示で」

「あ、いいえ。なにか目的があるんですよね」

「はい、香りを取るための薔薇なので」

それでも、花弁をほぐすところは見せたくないなと思った。男性は俺に背中を向けながら柔和な声で言った。

「なんの目的もなく花を潰す人もいますから。僕の薔薇はそういう人に踏まれました」

手を止めて横顔を見ると、目元にまだ皺があった。声も、薔薇を眺める視線も穏やかだ。けれど、花に触れた時のようなひやりとした冷たさがあった。


男性は持田《もちだ》と名乗った。歳は同じだった。厨房機器の営業をしているそうで、取引先の「カンパネラ」というオーベルジュでここの噂を聞いたらしい。そこのオーナーは特別な宿泊客だけに小川朔の香りのことを伝えるという。しかし、新城を通してしかここの場所は教えてもらえない。

「記憶を香りでよみがえらせることができるって聞きました」

同じ歳だとわかっても持田くんは敬語のままで、けれどよそよそしさを感じさせない柔らかさで話した。

結局、俺はハーブ摘みを手伝ってもらった。見知らぬ人間が庭園に入ることを好まない源さんが怖い顔をしてやってきたが、素直に驚いたり質問したりする持田くんにほだされ、長々と植物語りを始めてしまった。持田くんは嫌な顔ひとつせず「勉強になります」と熱心に源さんの説明を聞いていた。

摘んだハーブを台所で洗っていると、小川朔が下りてきて、台所の入り口に立った。

「ブランチをご一緒しながら話しましょうか」

慌てて名刺をだそうとする持田くんに、「胸ポケットにカンパネラのショップカードが入っていますね。依頼人の持田さんでしょう。小川朔です」と、銀縁の眼鏡を外しながら言う。ドン引きするか仰天するか、持田くんの表情を窺うと、唇を結んで険しい顔をしていた。けれど、それは一瞬のことで、すぐに笑い皺が浮かんだ。

「本当に噂通りなんですね。すごいです！」と目を輝かせる。小川朔は冷淡にも思えるほど表情を変えず、「お客様はどうぞテーブルへ」と居間へと手で誘導した。

「なんだよ、この男ばっかのむさくるしい食卓！」

居間にやってきた新城さんが煙草臭い息を吐きながら大声をあげた。持田くんが困った顔で俺を見る。気にしなくていいと目で言い、透明な黄緑をしたレモンバームとレモングラスのハーブティーをティーカップに注ぐ。

「おまけに草ばっかかよ！」

源さんから渡された間引き菜のサラダをフォークで掻きまわし、大皿に盛ったサンドイッチを摑む。胡瓜《きゅうり》とスモークサーモンとクリームチーズにフェンネルのみじん切り、コンビーフと林檎《りんご》とコモンセージ、カッテージチーズと胡桃とクレソン、卵サンドにはチャービルとタラゴンと、ハーブづくしのサンドイッチが積み木の山のように並んでいる。

「この季節のハーブは元気で、とても健康にいい。それぞれの効能を説明しようか」

目を細める小川朔を、新城さんは「あーいい、いい。健康とか食欲なくなる」と押しとどめ、「あ、うまいじゃん」とサンドイッチを次々に頬張る。持田くんも目を見ひらいて、「すごい美味《おい》しいです。なんか、うまく言えないんですけど、いままで食べたどの野菜とも違います」と感嘆の声をあげた。

俺はじっと指を見つめていた。「どうした」と小川朔の静かな声が届く。

「なんかハーブをたくさん千切ると指先がじんじんして」

「いい匂いになりましたね」と持田くんが自分の指先を嗅ぎながら言う。

「いい匂いっていうか、しばらく軽く痺《しび》れるみたいになるんだ。血行が良くなるのかな」

小川朔が頬杖《ほおづえ》をついた。ぼんやりとした灰色の目をこちらに向けている。嗅いでいるんだなと思った。もしくは、何かを見ている。「朝倉くんは」とティーカップを手に取りながら口をひらいた。

「感覚に対する身体の反応が過敏なのだろうね。刺激への作用が強い」

また過敏かと思い、ちょっと嫌な気分になった。

「え、それ、どういうことですか」

「どういうことでもない。そういう人間ということだよ。体質といっても、個性といってもいい」

訊き返そうとすると、「満」と新城さんが遮るように言った。「俺、草の汁とか飲みたくねえし、コーヒー淹れてきて」とパン屑だらけの顔で俺を見る。「ハーブティー」と小川朔が訂正する。いつもの言い争いがはじまる前に「はいはい」と席を立つ。

なんとなく持田くんの依頼内容が気になり、湯を沸かしながら居間を窺っていると、小川朔が窓をひとつ開けた。薄いカーテンがゆらりと膨らむ。持田くんが顔をあげる。

「風が心地好い季節ですね。なんだか懐かしい気持ちになります」

小川朔が促したのか、持田くんは喋り続ける。

「僕が育ったのは四国《しこく》のほうで、この時期は白い蜜柑の花が咲きました。あの甘い匂いと海の色をふいに思いだしました」

「果樹園には柑橘の樹々があります。風にまぎれた花の香をあなたの鼻が捉えたのでしょう」

静かな声が応じる。まだサンドイッチは残っているのに、二人は食べる手を止めていた。

「こういうことは可能なんですか」

「こういうこととは」

「香りで記憶をよみがえらせることです」

「もちろん。嗅覚は記憶と密接な関係にありますから」

新城さんのコーヒーを片手に居間に戻る。新城さんは「お、きたきた」と口を歪めて笑った。「大変お待たせしました」と嫌みを込めてコーヒーを渡す。

「僕のいた小学校の教室の香りを作ってもらえますか」

持田くんが息を吐きながら言った。

「用途は」と、小川朔がめずらしく訊き返した。持田くんはくしゃりと笑った。

「同級生に会うんです。あの頃のことを思いだして欲しくて」

「なになに、それって同窓会的なやつ？」と、いままで知らん顔をしていた新城さんが身を乗りだした。「初恋の人とか？」

「そんな感じです」と持田くんは変わらず邪気のない笑顔を向ける。小川朔は銀縁の眼鏡を片手に持ったまま持田くんを見るともなく見つめていた。

「わかりました。持田さんの小学校名、幾つの時の、どの教室の、どの季節の、どの時間帯か。当時の児童数と男女比率、教師の性別と年齢などを教えてもらえますか」とノートを広げる。

「新城、彼の通っていた小学校の資料を集めて。建築資材や地理情報の。できたら現地へ行って匂いの採取も」

新城さんが怠《だる》そうな声で応じる。小川朔は「僕が行きましょうか」と慌てて言う持田くんに目を遣ると、指を組んだ。

「あなたの通っていた小学校の教室の香りを作ることは可能です。お代は香りを確認してもらってからで構いません。ただ、それはあくまで、あなたにとっての教室の香りだということを覚えておいて欲しいのです。人はそれぞれ違う感覚を持っているのが普通なのです。同じ教室にいたからといって同じ香りを感じていたとは限りません」

持田くんの喉がごくりと鳴った。「はい」としっかりした声で答える。小川朔はふっと目を伏せるとペンを持った。ちらっと俺を見て、「朝倉くん、食べ終えたなら夕食の仕込みをお願いするよ」と言った。

「薔薇ですか」

「そう、人参の冷たいスープね」

「あの二時間かけて香りを移すやつですか」

うんざりした声で言ってサンドイッチを齧《かじ》る。コンビーフと林檎とコモンセージ。あれ、と思う。

「林檎ってちょっと薔薇みたいな匂いがしますね」

「しねえよ」と新城が言うのにかぶせるように「林檎を」と小川朔が口をひらいた。

「ガスクロマトグラフィーにかけると、β－ダマセノンというアロマ分子があることがわかる。これはフローラル系で薔薇のような香りがする。林檎はバラ科だしね」

目を細めて俺を見た。

「嗅覚も過敏になってきたね」

持田くんが依頼した香りは一週間ほどでできた。香りの確認にきた彼は、小川朔が差しだした匂い紙を鼻に近付けるなり絶句した。

しばらくしてから、「……これだ」と押し殺した声で言った。「懐かしいなんてものじゃない」

敬語が消えていた。小川朔の表情は動かなかった。銀縁の眼鏡を胸ポケットに入れたり出したりしている。「問題ありませんか」と静かな声で問う。持田くんが酔ったように頷く。かすかに不安になった。小川朔の作った香りを嗅ぐと、皆、魂が抜けたようになる。ここではないどこかへ意識が飛ぶ。どんな依頼人もふらふらと覚束《おぼつか》ない足取りで帰っていく。欲していたものを手に入れることは、本当は正しい行為ではないのかもしれない。そんな疑念がよぎる。

持田くんは透明な小瓶をかたく握り締めて帰っていった。玄関ポーチを下りたところまで見送り、「なあ」とわざと馴れ馴れしく声をかけた。

「駅前にうまい韓国焼肉の店があるんだ。週末に行かない？　お礼したいしさ」

また予約時間より早くきた持田くんは、今日も庭園での収穫や手入れを手伝ってくれていた。源さんが考案したやたら臭い堆肥《たいひ》も嫌がらず一緒に運んでくれ、すっかり源さんのお気に入りになっていた。

帰り際に小川朔が差しだした請求書は目が飛びだしそうな金額だった。持田くんは今日二度目の絶句をしていた。ほとんどの常連客は裕福そうで、請求書の入った封筒を渡しても開くことすらしない。でも、持田くんは俺と同じ歳で、そんなに高収入な仕事でも、実家が裕福なわけでもなさそうだったから、ちょっとした労《ねぎら》いの気持ちで食事に誘った。

「週末は昔の知り合いと約束があるんだ」

西日に照らされて眩しそうな顔をしながら持田くんが笑った。目尻の皺が濃い影になって歳より老け込んで見えた。

「その香りを嗅がせたい同級生？」

「そう」と、持田くんは深く頷いた。自分を納得させるように。

「思い出話が弾むといいな」

断られたことにちょっと傷つきながら明るい声をだす。持田くんは黙って笑っていた。

彼が帰ってからも妙に気になった。洋館を出てから、小瓶にラベルがなかったことを思いだした。持田くんだけではない、俺が知っている依頼人は誰もがラベルのない透明な小瓶を渡されていた。だとしたら、小川朔が若宮さんに注文して作ってもらっているラベルは一体何のためのラベルなのか。

何度も寝返りを打ち、その晩はうまく寝つけなかった。明け方、カーテンを開けると薄い楕円の月が空の端に引っかかっていた。


次の週、再び持田くんがやってきた。今度は体育倉庫の香りを作って欲しいという。また も自分の通っていた学校のものだった。

「教室だけでは足りなかったみたいなんです」と、彼は顔をくしゃりとさせて笑った。「わかりました」と小川朔は言い、当時の体育倉庫にあったものを細かく訊いてノートに記した。

その日も持田くんはわさわさと茂ったローズマリーの収穫を手伝ってくれた。依頼のことを訊こうとしたが笑ってはぐらかされた。そして、一週間後、彼は小川朔が差しだした小瓶と請求書の封筒を持って帰っていった。

十日ほど、持田くんは姿を見せなかった。律儀な彼のことだから結果の報告にきてくれるような気がしていた。俺は毎日、落ち着かない気持ちで蛇行する坂を上った。

ある日、言いつけられた買い物を済ませて帰ると、応接室から控えめな声が聞こえた。

「飼育小屋の香りをお願いします」

思わずドアに耳を当てる。

「なにを飼育していた小屋ですか」

「兎《うさぎ》です」

持田くんの声だった。小川朔はたんたんと詳細を尋ねていく。俺はじりじりしながらドアの前で待った。持田くんは肩を落としながら出てくると、待ち構えていた俺に一瞬驚き、すぐに目を逸らした。腕を摑む。

「駄目なら駄目って言ったほうがいい。作り直してもらえよ」

「違う」と持田くんが焦った顔で首を横に振る。

「遠慮しないほうがいい。お前、破産するぞ」

心配で、つい口調が荒くなってしまう。まだ応接室のソファに座ったままの小川朔を振り返る。

「あんたもあんただ。足りなかったとか言われてんのに、なんでまた作って代金を貰うんだよ。ちゃんと作り直せよ」

応接室に入りかけた俺の服が引っぱられる。持田くんが「違う、違う」と裾を摑んでいた。

「香りは完璧なんだ。何度嗅いでも、確実にあの頃を思いだす。記憶だけじゃない、感情がよみがえるんだ。でも、小川さんの言う通りだった。同じ場所にいても同じものを感じてはいないんだ」

「どういうことだよ」

その時、誰かのスマホが鳴った。「すみません」と頭を下げて、持田くんがスマホを取りだす。耳に当てる間もなく、「うおーい、もっちー！　いまどこ？」と場違いに軽い男の声がもれた。

「もしもし」と口元を押さえながら持田くんがでる。

「いまちょっと出先。今日は私用で、営業車じゃないから行けない。ごめん」

不満そうな声がもれ聞こえてくる。持田くんは「ごめん」をくり返している。約束していたわけでもないのに謝るなと苛々《いらいら》してくる。相手はなかなか切らない。何か関係のない話をはじめ、持田くんはこちらに頭を下げながらも相槌を打っている。眉は下がっているのに目尻には笑い皺ができているのが目に留まり、無性に腹がたった。持田くんの手からスマホを奪い取る。

「いま出先っつってんだろうが！　相手の状況も考えろ！」

怒鳴ると、電話を切った。肩で息をして、俺を見つめる持田くんの目とぶつかり、はっと我に返る。

「あ、ごめ……」

「うるさい」と小川朔の声が響いた。「大きな声をだすな。けれど、それ以上に持田さん、あなたの体臭がうるさい」

ぎょっとして小川朔を見る。小川朔は銀縁の眼鏡を外して胸ポケットに入れ、ゆっくりと立ちあがった。

「持田さん、今の電話の相手にあなたはストレスを感じています。心拍数も血圧もあがっている。恐怖、怒り、憎しみ、悲しみ、いろんな感情がないまぜになって、あなたを蝕んでいるんです。あなたが初めてここにきて、教室の香りを作って欲しいと言った時と同じ体臭になっています。彼があなたの言った同級生ですね」

持田くんは目を見ひらいて小川朔を見つめていた。

「怒り……憎しみ……僕は彼が嫌いなんでしょうか……？」

「それはわかりません。ただ、彼からなんらかのストレスを感じていることは確かです。違いますか」

持田くんは黙ったままかたまっている。俺は二人の間に割って入った。

「最初から気付いていたならなんで依頼を受けたんだよ！」

「持田さんの言葉に嘘がなかったからです。同級生にあの頃のことを思いだして欲しい。あなたはそう言いましたよね」

小川朔は鬱陶しそうに片手を振って俺をどかすと、持田くんに向き合った。持田くんはじっと床を見つめていた。ややあって、消え入りそうな声で「はい」と言った。

「思いだして欲しかった。昔、僕にしたことを。彼とは地元が同じで、大学は別々でした。一昨年、営業先で再会したんです。バーテンダーになっていました。飲みに誘ってくれたり、女性を紹介してくれたり、強引でしたが彼は明るくて、昔みたいに人に囲まれていて……そんな人が僕を何度も誘ってくれて……」

またスマホが鳴った。持田くんは画面を見つめたが、でずにマナーモードに切り替えた。振動音がしばらく響いていたが、やがて静かになった。

「ただ、一緒に笑っていても、わからないんです。昔のことをどう思っているのか。休み時間の度に餅サンドバッグと笑ってみんなで僕を殴ったり蹴ったりしたことを、体育倉庫の跳び箱の中に全裸にした僕を失禁するまで閉じ込めたことを、飼育小屋に鍵をかけて兎の餌を食べるまで出してくれなかったことを、どう思っているのか。訊きたいけれど、訊けない。謝って欲しいわけでもない。ただ、思いだして、自分のしたことを恥じて欲しかった。じゃなきゃ、僕はもうこれ以上、友達ではいられなくて。それで、一緒に飲んでいる時に小川さんに作ってもらった香りをまいたんです」

「どうなった」

俺の問いに、俯いていた持田くんはわずかに顔をあげた。くしゃっと笑う。

「あの頃、楽しかったなって小学校の時の話をしていました。懐かしいなって、いっぱい遊んだよなって。それだけでした」

「嗅覚は主観に左右されます。そして、経験に。僕が作った匂いは彼には懐かしいものでしょうが、あなたには違いましたよね。あなたは懐かしいと言いながらいつも憤っていました」

小川朔が静かに言った。「そう、ですね」と持田くんが頷く。

「僕はずっと彼を憎んでいたんでしょうね。思いださせることで復讐をしようとしたんだ」

深々と頭を下げる。

「なんか吹っ切れました。申し訳ありませんが、さきほどの依頼を取り消させてもらっていいでしょうか。手数料はお支払いしますので」

小川朔が何か言いかける前に、「復讐じゃない！」と叫んでいた。持田くんが驚いた顔で俺を見る。

「あんたは一度も傷つけようとしていない。同じ目に遭わせてやろうとか、苦しめてやろうとか言ってない。ただ、思いだして欲しいだけだろ。それの、なにが悪い。あんたは強いよ。殴り返さない強さを誇るべきだ」

ひと息に言い、冷ややかな小川朔の視線に気付く。持田くんは顔をくしゃっとさせた。泣き笑いみたいな表情で「ありがとう」と呟くと、「朝倉くんを叱らないでやってくださいね」と小川朔に言った。俺はぼんやりとその顔を見て、こいつの笑い皺は子供の頃からなんだろうなと思った。苦しみや痛みを呑み込んできた皺だ。

門のところまで送った。森は影を濃くして、空は暮れはじめていた。黙って歩いている時、また持田くんのスマホが振動した。持田くんは立ち止まって、画面を操作した。着信拒否の文字がちらりと見えた。

「白い薔薇を踏み潰したのもそいつ？」

「忘れた」と持田くんは嘯《うそぶ》いた。「また植えようかな、薔薇」と洋館を振り返る。

「薔薇の匂いってさ、鎮静？　気持ちを落ち着ける効果があるんだって」と小川朔に教わったことを言う。

「ああ、わかるよ。あの白い薔薇に顔を埋めている時だけ、僕は違う場所へ行けた」

「あんだけ手伝ったんだから源さんに枝を分けてもらっていいと思う。俺、言っとくよ」

「ありがとう」と持田くんは遠慮せずに言った。「金欠だから助かる」と笑う。

「散財したな」と言うと、「ほんとだよ」と溜息をついた。ネガティブな顔を見せてくれるのが嬉しかった。

洋館に戻ると、小川朔が居間にいた。小さなグラスを片手に持っている。甘い酒の香りがした。グラスの底でとろりと揺れる。

「できたてのローズウォーターをチェイサーにして薔薇のリキュールを飲もうと思ってね」

勧められてもいないのに、「酒は苦手です」と顔を背けていた。いつでもマイペースに優雅なのが癪《しやく》に障った。叱られても、クビになっても仕方ない。

「苦手なものが多いね」

この人にだけは言われたくないな、とちょっと思う。

「なにか言いましたっけ」

小川朔の返事はなかった。人の嘘も感情も嗅ぎ取れる人だ。俺が恐れているものに気付くのは造作もないことだろう。

「チェイサーといえば」と小川朔が口をひらいた。

「追いかけてくる者、という意味だね。月もそう呼ばれることがある。子供の頃、月が追いかけてくるように感じたことはない？」

ありません、と言うつもりだった。けれど、俺の唇は馬鹿正直に「今もです」と答えていた。

「月が君を追いかけてくるの？」

「赤い月が浮かぶんです」

「赤い月？　火星ではなく？」

「赤い月です」

小川朔はリキュールをひと舐めすると、「皆既月蝕《げつしょく》かな」と呟く。

「月は古来、ツクと発音したらしいよ。憑きものの憑くという意味があったという文献を読んだことがある。君は月にとり憑かれているのかもしれない」

「とり憑かれる？」

小川朔は返事をせずに立ちあがると、すっと俺の傍を通り抜けた。猫のように足音がない。

甘い花の匂いとかすかなアルコール、いつもの澄んだ香りだけを残して台所へ消えていく。何かを嗅ぎつけたのかもしれない。

「お疲れさま」と、すっかり暗くなった台所から声が聞こえた。「月の話はまた今度。次の満月の時にでも」

こと、こと、とグラスをだす音が聞こえ、ローズウォーターを注ぐとくとくという水音が響いた。台所は暗いままだった。洋館の最奥にある台所と貯蔵庫は、一階で一番暗くて寒い。彼の人並み外れた嗅覚は、視覚すら補うことができるのだ。前に、闇夜でも月の満ち欠けがわかると言った。そこは一体どんな世界なのだろう。

俺は光の見えない暗闇にじっと目を凝らした。

5
Half Moon

耳にひっかかる笑い声。女が、笑っている。
大きくはない音なのに、だからこそ耳につく。摑むつもりもないのに、指をすり抜けられると身体が反応してしまうような感覚。ひそひそと重なり合い、ときどき甲高く跳ねて、神経をさりさりと擦る。
――朝倉くんってちょっと怖いよね
――ていうか、なんか自意識過剰じゃない
――あれはもてないだろうねえ
くすくすと笑う。うるさい、と思う。女は、うるさい。鼻にかかる甘い声も、愛想笑いも、聞こえよがしな噂話も、被害者ぶった細い声も。声だけじゃない、気配もうるさい。視線が、笑顔が、肌や髪のにおいが、うるさい。皮膚の裏をざわざわさせる。
――ねえ
長い爪が触れる。血で濡れたような爪。俺の名を執拗《しつよう》に呼ぶ。呼ばれる度に絡みついてくる。見えないものが、ねとねとと、ぐるぐると俺に巻きつく。

ぐい、と手首を摑まれる。爪が食い込んで痛い。嫌だ、と振り払うのに、また摑まれる。気付けば、俺の手は小さく、力はもどかしいほどに弱くなっている。笑いながら伸びてくる手を何遍も押しのけ、渾身《こんしん》の力で突き飛ばすと、わざとらしい悲鳴が聞こえた。気配が尖る。傷ついたと責める甲高い声。恨みがましい眼差しが刺さる。

——可哀《かわい》そうだと思って優しくしてやったのに

女の嘲笑に身体が熱くなる。耳を塞いでも笑い声は消えない。ああ、うるさい。鼻にかかった笑い声が響いた。

——施設育ちとか、ないわ

ぱっと目の裏が赤く染まった。赤い月が、俺を見ている。

自分の叫び声で起きた。部屋は薄暗く、低い天井がいつもより重くのしかかってくるように見えた。

さああ、と古いアパートを包み込むような水音が耳に届く。自転車での通勤を憂えながらも、雨音に安堵する。湿った薄灰色の空気はまだばくばくと脈打つ心臓をなだめてくれる気がした。

大きく息を吸い込む。古びた部屋は変わらないが、以前のように黴臭い畳の匂いはしない。爽やかな植物の香りがただよっている。虫がでてくる季節だからと、小川朔に渡されたラベンダーのルームスプレーを使っているからだ。押入れには、かすかに苦みのある香りのタンジーの匂い袋。おかげで、自宅に戻っても職場にいるような気分になる。

仰向けのまま深呼吸をくり返す。ラベンダーの、爽やかだけれどほの甘い香りを吸い込む。防虫とリラックス効果があると小川朔は言っていた。けれど、ここ最近、悪夢に眠りを乱されている。

かたい電子音が湿った部屋に転がる。枕元のスマホを見ると、持田からのメッセージが画面で光っていた。おはよう、に続いて、雨だから洋館まで送ろうか、とメッセージが届く。人の好い笑い皺が浮かんだ。

「こんな早くからもう営業か」

もれた言葉をそのまま打つと、取引先の飲食店の製氷機が壊れたので開店前に届けるところだと返ってきた。そのついでに営業車で俺を洋館まで送ってくれるつもりのようだった。森の長い坂道のつらさを知っている故とはいえ、持田の気遣いと親切さは不安になるほどだ。大丈夫だ、と返事を送り、感謝のスタンプをつけた。持田の手を煩わせたくない気持ちもあったが、小川朔に彼との繋がりを知られたくないと反射的に思った。同じ歳で、話も合い、ときどきカラオケや飲みに行っている。持田の車に乗って出勤すれば匂いで気付かれるだろう。

元依頼人だった人間と友人関係になることを禁じられてはいない。けれど、なんとなく知られたくなかった。

子供の頃にクラスメイトから受けた暴力を忘れられずにいた持田。この先もきっと覚えているだろう。被害者の傷みは消えないのだと、彼の笑顔を見る度に思い知る。

スマホが鳴って、持田からのメッセージが届く。

悪夢の頻度が増したのは、彼に出会ってからだ。俺になんか優しくしなくていい、と思う。思うのに、関わるのをやめられない。

顔を両手で覆って、深く、深くラベンダーの香りを吸い込んだ。


ポンチョを着込み、自転車で洋館へ向かった。

雨脚はどんどん激しくなり、森の坂道では濁った水が浅い川のように流れていた。ポンチョで雨は防げたが、車輪がはねた泥水でスニーカーが中までずくずくになった。ズボンの裾も濡れて、べったりと足首やふくらはぎに張りつく。

やっぱり持田に送ってもらえば良かった。ぐしゅぐしゅと湿った音をたてるスニーカーで洋館の石段を駆けあがると、アーチ状の両開き扉が目の前で開いた。

「おはよう」と、小川朔が目を細める。「掃除の範囲を増やしたくないなら、勝手口から入ろうか」

ずぶ濡れで出勤した俺への労いの言葉もない。期待もしていなかったので、「はい、すみません」と機械的にまわれ右をして上ったばかりの石段を下りる。

「そのまま菜園に行って、フェンネルを採ってきてくれ。根元が白く盛りあがったフローレンスフェンネルを株ごとね。一番大きな、育ち過ぎたものを選ぶんだよ。源さんに怒られるからね」

やっと洋館に辿《たど》り着いたのに、雨でぬかるんだ土の上を歩かねばならないのかと思うと、ぐったりと身体が重くなった。俺の憂鬱を嗅ぎとったかのように小川朔が続ける。

「靴も服も洗うといい。乾燥機にかければ、帰るまでには乾くだろう。夕方には雨もあがるよ」

けして声をはりあげるわけでもないのに、この人の声は雨音に邪魔されることなく届く。しんと硬質な、人とは違う材質でできているような声。

「朝食は済ませたから、食事の支度は急がなくていい。髪をしっかり乾かして、生姜《しょうが》のシロップをお湯割りにして身体を温めるんだ。梅雨時の冷えは良くない」

俺の身体を気遣っているわけではないことはわかっていたので、背中で「はい」とだけ答えた。小川朔は病や体調不良の臭いが嫌いなのだ。頭痛なり腹痛なり歯痛なり、傷んだ身体の臭いは警告信号のようで気に障ると言う。ちょっと睡眠不足なだけでも体調管理をしっかりしろと注意をされる。

背後で扉が閉まった気配がした。小川朔が一人で朝食を済ませたということは、今日は新城さんは来ないはずだ。いつもは摘みたてのハーブティーを淹れた頃に、早起きが苦手な新城さんがやってきて遅い朝食になる。ここでの時間はゆっくり流れている。一回一回の食事や茶に手をかける。けれど、調香をする晩などはあまり食べていないようだった。夕方前に軽食の準備を頼まれた時は、翌朝の台所はきれいなままのことが多かった。小川朔はひっそりした夜行性の生き物めいた雰囲気なのに、陽の光のもとで食事をすることを好む。

雨だからかな、と思う。「雨の日のあいつは機嫌がわりい」と新城さんが煙草を口の端でぶらぶらさせながら言っていた。確かに、雨の日はあまり階下にやってこない。いつも以上にぼんやりした目をしているか、微かに苛立っている。雨の日の洋館はしんと静かで、余計に眠くなる。

ぬかるむ土に足を取られないようにしながら、そろそろと菜園へと進む。濡れた緑があおあおとしていた。蒸れたような土の匂いがむっと立ち込めている。

雨粒が葉で跳ねる度、土に浸み込む度、匂いがたつとしたら、雨の日は小川朔にとってことさら騒がしい日なのかもしれない。

空を見上げる。シャワーのように雨が降りそそぐ。濡れるにまかせて菜園の真ん中で仁王立ちになっていると、植物たちの気配が増したような気がした。

フローレンスフェンネルの球茎は、白い心臓のようだった。地面から盛りあがるように肥大化したそれは、雨に洗われてはっとするほど白く、包丁を入れるのに戸惑ったほどだった。白い心臓からは、明るい緑色をした血管のような茎が無数に伸びて、細い糸状の葉が放射状に広がっている。フェンネルといえば、俺はこの頼りない葉と乾燥させた種しか調理に使ったことはなかった。

小川朔のメモには葉は鮭《さけ》のホイル焼きに、茎はサラダに、球茎はポロ葱《ねぎ》と煮てブレンダーにかけ牛乳を加えてポタージュにするようにと書かれていた。全部使えるんだな、と感心しながら洗ったり切ったり煮たりしていると、玄関チャイムが鳴った。

　エプロン姿のまま扉を開けると、眼鏡の女性が立っていた。俺を見て深々と頭を下げる。奇妙に姿勢が良く、水の滴る折りたたみ傘をまるで武士の刀のように持っている。

「申し訳ありません。お約束の時間に三分遅れてしまいました」と女性は言った。

「お約束」とくり返して、「あ、お客様ですか」と慌てた口調で言ってしまった。女性は生真面目な表情を崩さない。「はい、調香師の小川朔様にお時間をいただいております」とよどみなく言った。

　見た目から保険の勧誘か何かかと思っていた。それくらい、女性は地味な服装をしていた。白いシャツは首元までボタンをきっちりと留め、ジャケットも膝丈のスカートも垢抜《あかぬ》けない。化粧はほとんどしておらず、爪も塗っていない。くすんだベージュの分厚いストッキングにはあちこち泥がはねていた。

「タオルを」と静かな声が階段から聞こえた。「応接室にお通しして。申し訳ありませんが、しばし、お待ちください」と続く。「わかりました」と女性がはっきりと返事をした。

　女性にタオルを渡して応接室に誘導すると、階段の途中で佇む小川朔を見上げて「依頼人の方ですか」と確認した。依頼人というよりは面接に来た人と言われたほうがしっくりくる雰囲気だった。

　小川朔は眉間に皺を寄せてしばらくかたまっていた。やがて、我に返ったように顎の先で小さく頷くと、「伝え忘れていた」とだけ言い、いくつか指示をするとまた二階へ戻っていった。めずらしい、と思う。やはり雨の日はぼんやりしているのかもしれない。

台所へ戻って換気扇を回し、小川朔に言われた通りに紅茶を淹れた。ティーカップやポットを載せたワゴンを押して応接室に入ると、女性は背筋を伸ばしたままソファに座っていた。俺が渡したタオルはきれいにたたまれて膝にのっている。

「すみません、匂い、気持ち悪くありません？」

ちょうどフローレンスフェンネルを煮ていたところだったので、念のため訊いてみた。アニスやフェンネルの独特な薬っぽさのある匂いを好まない人は一定数いる。女性はかすかに首を傾げた。そういう仕草をすると幼く見えた。野暮ったい服装のせいで老けて見えたが、もしかしたら俺とそう年齢が変わらないのかもしれない。

「なんの匂いでしょうか」

「いま調理中でして」

眼鏡の奥の小さな目がわずかに動いて俺のエプロンを見た。「問題ありません」と目を伏せる。会話が途絶えた。古い柱時計が陰気に鳴る。

紅茶を淹れていると、息が浅くなった。身じろぎもせずに座る女性を窺う。口で息をしながら、音をたてないようにドアを半分ほど押し開ける。

困惑していた。玄関で迎えた時は気のせいかと思っていたが、この人、むちゃくちゃ臭い。体臭でも香水でもない、恐らくは柔軟剤だ。人工的な甘ったるい臭いが、雨で蒸れた衣服の匂いと混じり、濃い臭気となって部屋に充満している。臭いは吸い込む度にどんどん強くなっていく。いや、鼻の中に溜まっていっているのか。

俺ですらこめかみがズキズキするくらいきついのだから、嗅覚の鋭い小川朔には猛毒ではないだろうか。それでなかなかやってこないのかもしれない。

「すみません!」と意を決して声をかけた。女性が身体の向きを変えて俺を見る。臭いが揺れるのが感じられた。お願いだから動かないで、と思う。

「あの、お洋服、濡れてますよね? 女性用の制服というかワンピースがあるので着替えませんか? 俺が着ているデザインと同じような感じなんですが……」

「それは襟があるものですか?」

「なかったと思います」

「お気持ちは嬉しいのですが、遠慮させていただきます。肌をだすと、はしたないと母に叱られてしまうので」

迷いのない返答だった。「あ、そうですか」と引き下がる。服を替えれば幾分かは臭いがましになるかと考えたのだが、はしたないなんていう言葉が返ってくるとは思わなかった。そんなことを言われたら、下心があって着替えを提案したみたいじゃないか。

しかし、まずい。小川朔が彼女に何を言うかわからない。はらはらしていると、階段を下りてくる足音がして、小川朔が応接室に入ってきた。眉間の皺が深くなっている。「橘《たちばな》さん、と伺っていますが」と腰かけもせずに言った。

「柔軟剤の量を間違えています」

女性は小川朔を見上げると、「少ないでしょうか」とまっすぐ訊いた。めずらしく小川朔がたじろいだ。

「多いです」

「気をつけます」

小川朔は返答に窮した様子で、黙ったまま橘という女性の前に座った。新城さんがいたら爆笑しているだろうなと思いながら、笑いを嚙み殺しつつ紅茶の入ったカップを二人の前に置く。

ポットに湯を足していると、橘さんが顔をあげた。「その青い花は……」と透明なポットの中を見つめている。

「矢車菊《やぐるまぎく》ですね」と小川朔がノートを開きながら言った。

「母が好きなんです。高貴な青だと言って。食べられる花のことをエディブルフラワーというのでしたっけ」

「そうですね」

「でも、矢車菊って香りはないんですよね。どうしてお茶に入れるんですか？　ポットが透明でなかったら気付かないのに」

小川朔が動きを止めて指を組んだ。

「矢車菊には利尿作用があり、むくみやすい梅雨にはいいのです。香りや味がほとんどないと言われていますが、かすかな甘みがあります。もちろん香りもあります。感じ取れない人がほとんどだというだけで。存在している限り、匂いのないものなんてありませんよ。石にも、金属にも、なんだって匂いはあります」

橘さんはゆっくりと瞬きをしながら小川朔を見つめた。「存在」と呟いて、「いただきます」とティーカップを両手で持ちあげた。ひとくち飲んで、ソーサーに戻す。

「わたしにとってこれは熱い液体に過ぎません」

「というと」と小川朔が目を細めた。

「匂いがしないんです」

まるで他人事《ひとごと》のようにたんたんとした口調だった。彼女はもう一度、口をひらいて「嗅覚がなくなってしまったんです」と言い直した。雨が強くなった気配がした。

何の匂いもしないのだと橘さんは言った。

甘さや塩気や酸味はわずかながら感じられる。プリンはひんやりした甘い泥、里芋の煮物は石鹸を食《は》んでいるよう、果物は冷たくて酸っぱい水分の塊、天麩羅《てんぷら》やフライは落ち葉を噛み砕いている感じだと言う。目をとじて食べると、何を食べているのかまるで判断ができない。つらそうな様子ではなかった。あくまでたんたんと嗅覚の失われた世界を説明していた。

「食事だけではないのです」と、橘さんは少しだけ言いにくそうに続けた。

「夫が別人に思えるのです。頭皮も、脇も、無臭です。好きではなかった靴下の臭いさえ感じられない。履いたものか洗ったものかも区別がつかないのです。それでつい、臭ってはいけないと洗剤や柔軟剤の量を増やしてしまって。抱き締められても、ふとしたはずみに、これは誰なのだろうと思ってしまうので部屋を暗くできません」

そこで橘さんは言葉を切り、ストッキングにこびりついた泥をウェットティッシュで拭きはじめた。とんとんと根気強く、叩くようにして拭き取っている。彼女の頭が動く度、濃い臭いがただよった。黒髪がべったりして見えるのは雨で濡れたせいかと思っていたが、整髪料もつけ過ぎているのかもしれない。

「あなたはなにを求めてここに来られたんですか？」

小川朔が立ちあがり、耐えられないという感じで窓を開けた。雨の匂いと雨音が重い湿り気と共に流れ込んでくる。

「嗅覚を取り戻す香りを作ってもらいたいんです」

しばらく沈黙が流れた。ややあって「それはおそらく不可能です」と小川朔は言った。

「アノスミア」と橘さんを見る。「嗅覚脱失ともいいます。あなたのように匂いを感じる力がない状態のことです。なんらかの原因で鼻と脳を繋ぐ神経回路が切断されている可能性があります。つまりは脳と周辺神経細胞の問題です。匂いが脳に届かないのですから、香りでは解決できません」

「原因とは」

「人それぞれです。副鼻腔《ふくびくう》の病気、感染症、頭部外傷などが挙げられるでしょうね。ただ、これは僕の領域ではない。専門医に診てもらうことをお勧めします。もしも、本当にあなたが治したいと望むなら」

　橘さんはまたゆっくりと瞬きをした。

「治りますか」

「それはわかりません。嗅覚を持たずに生まれてくる人もいれば、原因不明のままゆっくりと嗅覚を失っていく人もいると聞きます。事故や手術や感染症の後遺症で一時的に嗅覚を喪失する人もいます。ハイポスミアと呼ばれる嗅覚減退かもしれないし、今後、嗅覚錯誤が現れるかもしれない。味覚と嗅覚の研究をしている機関があります。そちらを紹介することもできます」

　小川朔は窓辺に立ったまま話した。橘さんは「はい」「はい」と頷きながら聞き、「ありがとうございます」と頭を下げた。奇妙な素直さだと思った。持田も素直だが、また違う。真面目なのだが、どこか他人事のような印象を受けた。

「連絡先を調べてきます」と小川朔がドアへ向かう。ドアの陰で足音が一瞬止まった。

「どうして治したいんですか？」

　そんなの治したいに決まっている。「え」とつい声がでてしまった。小川朔の冷たい視線が飛んでくる。橘さんは「母が子供の顔を見たがっているので」とかすかに頬を赤らめて言った。

「お子さん、ですか」

「はい、なかなか妊娠しなくて困っているんです。嗅覚とホルモンバランスは関係があると本で読んだので。さきほどもお話ししたように、夫が別人に思えてしまって。そのせいで身体が受け入れられないんです」

「それはあなたの願望ですか？」

「そうですね、母に早くしろとせがまれているので」

小川朔はしばらく何も言わなかった。

橘さんは膝を揃《そろ》えて生真面目に次の言葉を待っている。

あまりに沈黙が長いので不安になってきた。橘さんの強い柔軟剤の臭いのせいで、彼女の情報が嗅ぎとれないのだろうか。それとも、雨で調子がでないのか。

「妊娠のことも専門医に相談されたほうがいいですよ。子供を作りたいだけなら様々な方法があるでしょう」

ようやくそれだけを言った。

「小川様には治せないということですか」

「僕は人を治療する立場の人間ではありません。ここは人の欲望を香りに変える場所ですから」

廊下がぎしりと鳴り、階段を上がっていく音が遠くなっていった。紅茶を注ぎ足しながら橘さんの横顔を窺う。失望の色があるかと思ったが、彼女は整えただけの笑みを口元に貼りつけたままだった。

「ありがとうございます」と礼儀正しく頭を下げる。何も嫌な感じはない。むしろ依頼人の中ではめずらしいくらいに常識的だ。

けれど、なんだろう。なんだか、気持ちが悪い。俺が女性を苦手としているせいだろうか。

「あの」と、つい声をかけてしまう。橘さんは「はい」とまっすぐに俺を見た。

「大変ですね、味がわからないと。つまらなくないですか、食べるの」

「でも、エディブルフラワーみたいなものだと思えば平気です。ある意味、食に対してフェアになれたような気がします」

ちょっと意味がわからない。でも、訊き返す気にもならなかった。「そうですか」と愛想笑いをする。自分の本心を隠すように。

そっと息を吐く。彼女のポジティブさに、微かな苛立ちを感じてしまった。

本当に、何しにここに来たのだろう。ここでは治せないと言われても、残念そうな素振りも不安な様子もない。

目を逸らしながら気付く。ここに来る人たちには渇望があった。お人好しの持田にだって大金をなげうってまでしたいことがあった。喉の渇きにも似た切実さが、彼女にはないのだった。むしろ、奇妙な充実すら感じる。

「すみません、どうして――」

「橘さん」と小川朔の声に遮られた。いつの間にか、戻ってきていた小川朔が俺と橘さんの間に立ち塞がる。

「きちんと治療してくださいね。嗅覚に障害のある人は事故のリスクが高いんです。匂いは単に嗜好に関わるものだけではありません。危険を回避するのに必要な感覚なのですから。鬱病に罹《かか》りやすい傾向があるという文献を読んだこともあります」

橘さんは優秀な生徒のように「はい」とくもりのない声で返事をし、「ありがとうございました」と丁寧に頭を下げた。小川朔が銀縁の眼鏡をかける前にソファから立ちあがった依頼人は初めてだった。

預かっていた折りたたみ傘を出していると、勝手口から源さんの声がした。せっかちな人なので慌てて行く。源さんは両手にあふれるくらいの芍薬《しやくやく》の花を抱えていた。濃い緑の葉と真っ白な花弁に散らばった水滴が光を吸って輝いている。大輪の花はひとつひとつが赤子の頭くらいあって、迫力のある美しさを放っていた。

「うわ、すごいですね」

「朔さんが根を使いたいんだってよ。だから、花は咲ききる前に刈ってくれと言われてさ。ばあさんの墓前にゃ飾りきれん。坊主、好きな女にでもやれ」

「いませんよ、そんなの」

「なに言ってんだ、若もんが」

花を間に押し問答をしていると、ひゅっと源さんの眉尻が下がった。俺の後ろを見ている。

「なんだ？　面接か？　坊主、お前ついに音をあげたか」

「は？」

振り返ると、台所に橘さんが立っていた。不躾に、案内されていない場所まで入ってくるような人ではないと思っていたので驚く。

「どうしました？」と声をあげると、びくっと両手で頭を庇《かば》う仕草をした。過剰な反応に傷ついて絶句していると、ひょいと源さんが芍薬の花束を橘さんに差しだした。

「おねえさん、良かったら持って帰ってやってくれ」

橘さんは「はい、ありがとうございます」と、俺のほうを見ないようにして源さんに手を伸ばした。指先が少し震えていた。顔も青ざめている。自分はそんなに怖いのだろうかと愕《がく》然《ぜん》としていると、橘さんが「申し訳ありません」と呟いた。

「母の声がした気がして、勝手に入ってしまいました」

「母親ぁ!?　おれの声がか？」

源さんが素っ頓狂な声をあげる。橘さんが小さく頷く。源さんがなんとも言えない微妙な顔をして顎髭を撫でた。

「そら、なんとも逞《たくま》しい声の人だな」

橘さんは黙って芍薬の花に顔を埋めていた。眼鏡のレンズで花弁がひしゃげている。その姿は花の香を嗅ぎとろうとしているように見えた。けれど、白い花々に包まれた青ざめた顔は死を連想させ、首筋がひやりとした。

居間の長テーブルの横で小川朔がじっと佇んでいた。表情はよく見えなかったが、胸ポケットに手が伸びて、銀縁の眼鏡が鈍く光った。

玄関扉を開けると、新城さんの黒い車が見えた。助手席のドアが開いて、痩せた男性が降りてくる。

「夫です」と橘さんが嬉しそうな声で言って、雨の中、駆けてきた男性に傘を差しかけた。スーツも靴もそつのないきちんとしたものだったが、橘さん同様どこか垢抜けないデザインで、彼の周りにもやはり濃い柔軟剤の臭いがただよっていた。

「旦那さんもなんですかね」と呟くと、「匂いには耐性ができる」と小川朔は短く言った。「嗅覚順応という」と付け足す。

男性は「ご迷惑をおかけしました」と何度も頭を下げ、「少ないですが」と小川朔に白い封筒を差しだした。水溜《みずたま》りを避けながら走ってきた新城さんが「ほい、手間賃」と後ろから取っていく。そのまま、洋館へ入ってしまった。

「タクシーを呼びましたので」と男性が言うのと同時に、濡れた道を舐めるようなライトが近付いてくるのが見えた。

男性は先に橘さんをタクシーに乗せると、小川朔を振り返った。

「母親の話をしていませんでしたか？」

「今回はお力になれませんでしたが、依頼内容はご家族であろうとお話しできません」

「すみません」と男性は力ない声で言い、数秒、逡巡《しゅんじゅん》した後に口をひらいた。

「彼女の母親はもう亡くなっているんです」

小川朔は驚かなかった。かすかに頷くと、男性を見た。

「質問をふたつだけ。母子の間に体罰はありましたか？」

男性の顎の辺りにぐっと力がこもった。タクシーのほうを窺いながら「……あったそうです」と弱々しい声で言った。後部座席の橘さんは、濡れてしまった眼鏡のレンズを一心に拭いていた。

「二人きりの家族で、母親はかなり厳しい方だったようで、彼女はよく殴られていたみたいです。脳震盪《のうしんとう》を起こして救急車で運ばれたこともあったそうで……。でも、彼女は自分が悪かったと言い張るんです」

「嗅覚の異常はその時の後遺症かもしれませんね。もうひとつ、彼女の母親は信心深い方でしたか？」

男性は意外そうな顔をした。

「どうでしょう……」

「仏壇に毎日、手を合わせる習慣はありましたか？」

「父親が早くに亡くなったと聞いています。日に数度、お線香をあげていたとか。確か、母親が厳しくなったのもその頃からだったはずです」

「母親と二人で暮らしていたんですね」

「はい、娘は半身のようなものだと言ってました」

男性はわずかに目をさまよわせた。

「ええと、これがなにか治療に繋がるんでしょうか？」

「いえ」と小川朔は首を横に振った。「単に知りたかっただけです」

雨の中、タクシーが去っていくのを小川朔と見送った。いつもならさっさと自室に戻るのにめずらしいと思いながら横顔を見る。相変わらずどこを見ているかわからない目をしていた。灰色の雨が映り込んでますます輪郭がぼやけている。

「水の膜が張ったような世界なんだろうね」

ふいに小川朔が呟いた。

「匂いのない世界というのは。彼女そのものも水の膜を張ったように掴めなかった」

「あの人、治りますかね」

「どうかな、治す気がないからね」

「そうなんですか」

「治らないと言って欲しくてここに来たんだ。治そうとしている体を取っているだけだよ。だって、彼女はアノスミアではない。すべての嗅覚を失っているわけじゃない。源さんの匂いには反応した」

「芍薬にじゃないんですか？」

小川朔は屈《かが》んで地面に落ちた白い花弁を拾った。俺の鼻に近付ける。

「君にはわからないだろうけど、線香の匂いが付着している。老いた人間の肌と線香の匂い。彼女の母親を連想させるものなんだろう。けれど、一般的な人間の嗅覚では捉えきれるはずもない微かな匂いだ。病院では幻臭と診断されるかもしれないね」

俺が花弁を手にとると、すっときびすを返す。線香の匂いは嗅ぎとれない。小川朔は石段を上っていく。

「彼女は母親の声がしたと嘘をついた。たったひとつの匂いを感じ取れることを、彼女は隠したいんだ。匂いのない平坦な世界で、母親の匂いだけがくっきりと浮かんでいるのかもしれないね」

「でも、自分を殴っていた母親ですよね」

「それでも、彼女の世界には母親しかいない。もうこの世にいなくても。他の嗅覚が戻らなければ、匂いという幽霊と生きていける」

「教えてください、彼女は母親の匂いにどんな感情を抱いていましたか？」

小川朔の背中に白い花弁を突きだす。台所で青ざめていた橘さんがよぎった。咄嗟《とっさ》に頭を庇おうとした仕草も。思えば、素の表情を見せたのはあの時だけだった。彼女の身体は殴られるのを恐れていたはずだ。じゃあ心は。

「憎しみですか？　怯えですか？　怒りですか？」

雨水を飛ばして小川朔を追いかける。玄関扉のノブに手をかけた小川朔が、目の端で俺を見た。

「執着」

「え」

「あれは緩慢な自殺だよ。ああやって匂いがする度に追いかけていたら、いつか事故に遭うだろうね。彼女が本当に望んでいるのはそれなのかもしれない」

「だから、助けてあげなかったんですか!?」

思わず大きな声がでる。

「人助けは僕の仕事じゃない」

「じゃあ、どうして旦那さんに訊いたんです」

「知りたかったから」

絶句する。

「……それだけですか」

「トラウマを抱える人はどこか自分に似ている気がする」

何の感情もないような声だった。

「だったら……」

口をふさぐように濡れた傘を押しつけられた。

「あと、二時間ほどで雨が止む。一時的に。それまでに食事の支度を済ませて帰るんだ」

音をたてて玄関扉が閉まった。小川朔はいつも自分が通り抜けられるほどしか開けない。その隙間から猫のように出入りする。置いていかれた俺は雨水の滴る傘を手にしばらく石段に立ち尽くしていた。


居間で新城さんが煙草を吸っていた。いつもなら嫌なのだが、今日ばかりはあちこちにただよう橘さんの柔軟剤の臭いを払拭してくれそうな気がした。

「小川さんは？」

「疲れたから寝るってよ。まあ、この臭いは俺らでもきついもんな」

「そうですね」とちょっと同情した。

「体臭ってなくても駄目なもんなんだな」と、新城さんがぽかりと煙を吐きながら俺を見た。

「はい？」

「あ、ないわけじゃないのか。旦那の匂いを感じなくなったんだっけ。でも、確かに嗅覚がなくなったら、ちょっと勃《た》ちにくくなりそうだよなあ」

家族にも話せない依頼内容がどうして新城さんにはもれているんだろう。しかも、そんなことで同意を求められても困る。

「たかが五感のひとつじゃないですか。ＡＶなんて視覚だけで昂奮させる媒体なんだから、性的欲求に嗅覚が必要不可欠ってことはないんじゃないですか」

「いやいやいや」と新城さんはぎいぎいと椅子を鳴らした。なんだか今日はこの軽さがほっとする。橘さんと母親とのことを考えたくない。

「匂いは大事だって。無意識下で遺伝子の匂いを嗅ぎわけて相手を選んでいるって研究結果もあるみたいだし。知り合いのおネエちゃんがしょうもないおっさんと不倫してさ、誰になに言われてもやめなかったの。でも、ある日、ぱったり別れたのよ。なんでって訊いたら今まで好きだった体臭が油粘土みたいに感じたんだってさ。そしたらもう寝るの無理になったらしい。匂いって駄目になったらもう終わりなんだろうな。どんだけ長く付き合っても、情があっても、どうにもなんないんだよ。俺も煙草臭いって本気で嫌そうにされたら、もう気がないんだって思うようにしてる」

ふーと俺の顔に煙を吹きつける。

「本気で嫌なんですけど」

「知ってる」とにやにやされた。無視して台所へ行こうとすると、「お前さ」と声が追ってきた。

「朔を見てても、たかが五感のひとつ、なんて思えるの？」

声がかたかった。

「……思えません。すみません」

なぜか新城さんに謝ってしまう。

「正直、たまに、どうやって生きているんだろうって考えます。匂いだけじゃない。気配も、声も、嫌になって気になりだしたら、もう無理じゃないですか」

返事はなかった。煙を吐きだす音だけが長く響いた。

「前に匂いが騒がしいって言ってました」

新城さんは何も言わない。

「橘さんのこと、ちょっと羨ましかったりするんでしょうか。嗅覚がなくなれば、小川さんの世界は静かになるんですかね」

「どうかねえ。まあ、そうなったら俺らの商売も終《しま》いだな」

言葉が途切れる。振り返ると、新城さんは窓の外を見ていた。

「雨の日は匂いが押し寄せてくるんだってよ。匂いの記憶の蓋がひらくって言ってたかな。生々しいもんだろうな、もういない人間が幽霊みたいにうろつくのかもしれん」

そう言うと、新城さんは立ちあがった。「今日は帰るわ」と、どかどか廊下を歩いていく。

玄関扉が閉まって、急に静かになった。二階からは物音ひとつしない。

まだ暮れる時間でもないのに薄暗い。窓を流れる水の影が淡く床板に映っている。雨は一定の調子で降り続けていた。止むのだろうか、と思いながらも、小川朔の予報が外れたためしがないことを知っている。

また源さんが持ってきたのか、勝手口の傍の流しに積まれた芍薬が見えた。目にしみるくらいの清らかな白。疑うことを知らない無垢《むく》な死の気配がただよっているような気がした。

橘さんが母親の匂いを追って事故に遭ったなら、その時彼女はどんな顔をするのだろう。

幸せそうに微笑む表情が浮かんだ。

自分を殴った母親をどうして求めるんだ。

無性に腹がたって、呼吸が速くなった。拳を握り、花をぐしゃぐしゃに踏み潰したい気持ちと闘いながら、この見当違いな怒りの匂いが小川朔に届けばいいと思った。

6
Blue Moon

待合室のつるりとした長椅子は身じろぎする度、ぎゅっぎゅっと間抜けな音をたてた。

朝の挨拶もなく、小川朔は俺の顔を見るなりそう言った。俺は上ったばかりの坂をすぐに下らされ、予約外で入った歯科医院でもう一時間以上も待たされている。

「虫歯ができている」

何度、歯を食いしばっても、別にどこも痛まない。昨日は何も言われなかったのに。虫歯が一晩でできるとは思えないので、さすがに今回ばかりは小川朔の間違いだろう。溜息をつくと、また長椅子が間抜けに鳴った。

受付に二人並んだ女性たちと目が合う。つい反射的に視線を逸らしてしまうので、彼女たちがどんな表情を浮かべているのかわからない。控えめにクラシックが流れる待合室は静かで、彼女たちも無駄話はしていないが、ひっそりと笑っているような気がしてならない。せっかくひいた汗がまた吹きだしてきそうだ。

冷房のきいた小綺麗な待合室は、奇妙にのっぺりして落ち着かなかった。淡い金の額縁に入った絵は葡萄《ぶどう》や洋梨を描いたもので季節に合っておらず、白っぽい照明が絵を覆うガラス板に反射して顔を傾けなくてはよく見えない。花瓶に飾られた薔薇はどれも同じひらき方をしていて、目を凝らすと、うっすらと埃をかぶった造花だった。香りのない、形だけの花や果実は、静物としての厚みがなかった。動かない植物たちが放つ濃厚な気配を、俺の身体はよく知っていた。森を抜け、あの洋館に通うようになってから。

壁に貼られた歯や歯茎のポスターだけが妙に生々しい。なるべく見たくないので俯くと、自分の手が目に入った。爪の間が、昨日摘んだハーブの汁で黒ずんでいる。梅雨が終わり、植物たちは毎日ふんだんに日光を浴び、ますます繁茂していた。指を鼻先に近付けると、まだ力強い植物の香りがした。眩い緑の菜園がよみがえり、ふうっと深い息がもれる。

居心地の悪い待合室の空気が遠のき、現実と自分の間にほんの少しだけ距離ができる。

――水の膜が張ったような世界なんだろうね

匂いのない世界について小川朔はそう言った。けれど、俺にとってみれば、香りこそが膜のようなものだった。あの洋館にただよう瑞々しい草花や樹脂の香り。小川朔が纏う、凛とした孤独を感じさせる静かな香り。それらは、ざらざらした人の視線や気配を少しだけ遠ざけ、赤い情動に呑み込まれるのを防いでくれる気がする。

小川朔と俺が感じている世界はまったくの別物なのだろう。そして、嗅覚を失ったと言った依頼人の橘さんの世界も。俺が知る限り、唯一、小川朔が香りを作れなかった依頼だ。作らなかった依頼なら無数にあるぞ、と新城さんは気にしていなかったが。

正直なところ、小川朔が作れなかったのか、それとも作らなかったのかはうかがい知れない。橘さんは死んだ母親の匂いだけを感じていたいのだと小川朔は言った。執着を抱いている、と。そのままでいることが彼女の望みだと思ったから、小川朔は彼女に香りを作ってあげなかったのかもしれない。

俺はそれがどうしても納得いかない。あの日からずっと、橘さんのことを思いだす度に身の裡から怒りがわく。

がんじがらめに躾け、脳震盪を起こすまで殴っていた親だ。

そんな奴に執着するはずがない。

していたとしても、そんな呪いのような鎖は断ち切ってやるべきだ。

だって、橘さんは被害者じゃないか。持田と同じ、暴力を振るわれていた側のはずなのに、なぜ疑問に思ったり憎んだりしないんだ。なぜ、小川朔は持田の時のように彼女の感情に踏み込もうとしなかったのか。

母親だからか。

目の裏を赤い月がよぎる。そこに浮かぶ、女の顔。

母親だから、なんだ。

俺は、間違っていない。

「朝倉さーん。朝倉さん、ですよね。朝倉満さん！」

はっと顔をあげた。薄いブルーのパジャマみたいな制服を着た若い女の子が俺を覗き込んでいた。ブリーチで色を抜いた、白に近い金髪をひとつに結んで、片耳に三つピアスを開けて、敬語なのに喋り方がちょっと軽い。

「どこか痛みます?」と問診票を見ながらしゃがみ、座った俺と目線を合わせてくる。

「え」

「肩に力入っちゃってるから」

俺は膝の上で拳を握っていた。慌てて、手をひらく。掌に爪痕がくっきりと残り、じんじんと疼きだした。

「何回か呼んだんですけどねー。ひどく痛みますか?」

ちらっと受付に目を遣ると、並んだ二人は怯えたような顔をしてこちらを見ていた。俺はきっと怖い顔をしていたのだろう。

「まずは私がチェックを、と思っていたけど、先生に言って先にレントゲン撮ってもらいましょうか」

歯科衛生士らしき女の子は俺を安心させるように笑った。マスクをしていたが、目尻にいっぱい皺ができたのでわかった。持田を連想させる、人懐こい皺だった。

とはいえ、持田のように遠慮がちではない。「さ、診察室へどうぞ。お待たせしましたねー」とさくさく俺を誘導する。

立ちあがると、背中に手が触れた。思わず、振り払ってしまう。女の子は驚いた様子もなく「大丈夫、大丈夫」と子供をあやすように笑った。

ずく、と嫌な感じで胸が痛んだ。同時に暗い衝動が首をもたげて、持田に似ていると思ったことを後悔した。

奥歯の詰め物の中で虫歯菌が繁殖していたらしい。年配の歯科医は俺の口をこじあけながら、「こんなに初期の段階でよく気付いたねえ」と何度も首を傾げた。

「なんか違和感があって」

「この歯、神経を取っちゃってるから感じないはずなんだけど。普通は相当ひどいことになってからくるんだよ、こういうのは」

そうなんですか、と言ったつもりがホフハホハホとした音にしかならない。

「奥歯一本、失わずにすんだな」

歯科医が俺の歯をごりごりと削りながら言う。「先生、喋れませんって」と歯科衛生士の女の子が笑った気配がした。

仮の詰め物を入れると、歯科医はさっさと次の患者のもとへ行ってしまった。のろのろと紙コップで口をゆすぐ。壁の時計はもう昼過ぎを示していた。炎天下、また坂を自転車で上ることを考えるとぐったりした。歯科衛生士がくすくす笑いながら散らばった俺のスリッパを揃えてくれる。

「歯医者が苦手？　でっかいから怖く見えるけど、けっこうかわいいね」

タメ口か、馴れ馴れしすぎる。わざと何度もうがいをして聞こえないふりをしていると、歯科衛生士はモニターに映った俺の歯のレントゲンを見上げて、「同い年」と自分と俺を交互に指した。

唾液を機械で吸いあげられた相手にそんなことを言われても嬉しくない。「はあ」と気のない相槌を打つと、マスクを外した歯科衛生士が俺の胸の辺りに顔を近付けてきた。

「やっぱり」

「え、なんですか」

ぎょっとして身をのけぞらす。

「なんの香水つけてんの？　いい匂いだなって思ってて」

ああ、と合点がいく。俺は洋館で支給されている服のままだった。生成りのシャツに、ごわっとした墨色のズボン。あの洋館の香りが浸み込んでいる。小川朔に作られた香りでできている自分。この女性が興味を持っているのは俺であって俺じゃないと思うと、身体を縛っていた警戒心や嫌悪感がすっと消えた。代わりに、好奇心がわいた。

「ボディソープかな。朝、シャワー浴びたから」

小川朔を真似《まね》て、一言ずつ、ゆっくりと話す。

「どこのやつ？　高そうー」

「知人が作っているものだから売ってはないんだよね」

女の子のがっかりした顔を、ガラス越しの生物を眺めるようにして見る。唐突に、ある企《たくら》みが浮かんだ。試してみようと思うと鼓動が速くなったが、頭の中はしんと静かなままだった。まるで小川朔の周りにただよう空気のように。

「今度、持ってこようか」

俺じゃない俺がたんたんと言う。

「えー！　いいの!?」と女の子が目を輝かせ、「あ、じゃあ、連絡先教えとく」とポケットからスマホを取りだすのを平静なまま眺めていた。

歯科医院を出ると、容赦ない日差しが刺さってきた。街路樹から蟬《せみ》の声も降ってくる。駐輪場に停めた自転車のサドルが溶けそうに熱い。

何か冷たいものでも飲んでから戻ろうか迷っていると、スマホが鳴った。さっき連絡先を交換した歯科衛生士の女の子から「お大事に」とメッセージがきていた。白衣を着た猫のスタンプも送られてくる。アイコンの横には茉莉花《まりか》の文字があった。なんとなく本名なのだろうなと思った。

スタンプだけを返すと、今度は電話がかかってきた。一瞬たじろいだが、持田からだった。

「はいはい」

「あ、ごめん。病院に行ったって聞いたから」

また、すぐに謝る。思うが、言わない。持田の声は心配そうだった。

「誰から」

「源さん」

「ああ、またか」

今年は夏野菜が豊作らしい。ハーブたちも旺盛に育って、もう地面が見えないくらいに繁《しげ》っている。ハーブは蒸留すれば大量に使えるが、食の細い小川朔と源さん、野菜より肉と騒ぐ新城さんだけでは次々に実る野菜は食べきれない。夕方になると源さんがやってきて、家で食えと俺に野菜を押しつけていく。困り果てて、持田の家へ持っていった。持田は美味しいと感激し、自分の取引先の飲食店に卸したらどうかと源さんに提案した。

素人の野菜が売りもんになるか、と言いつつも源さんは嬉しそうで、収穫しすぎる度に持田に連絡するようになった。おかげで持田はしょっちゅう胡瓜や茄子《なす》やローズマリーの束を営業車に積んであちこち持っていくようになった。厨房機器の営業なのに、すっかり八百屋みたいになっている。

「毎回、行くことないって。たまには断らないと」

いいように使われるぞ、という言葉を呑み込む。

「時間の融通は利くから。それに、源さんの野菜やハーブは本当に美味しいって喜んでもらってる。それぞれの味や香りがくっきりしてるんだって」

お人好しだな、と思う。気持ち程度にしか代金をもらっていないのを知っている。ポジティブなことを言う持田に微かに胸がざわめく。

「別に持田がやらなくてもいいじゃん」

つい尖った声がでてしまった。慌てて「ほら、お前だって忙しいだろ」と付け足す。

持田は驚いたように少し黙って、それから「朝倉くん」と穏やかな声で言った。

「僕がしたくてしていることだから」

いつもと変わらない優しい声音だったが、揺るがない強さがあった。同級生からの誘いを断れなかった持田とはもう違うのだとわかった。

ちゃんと変わっていっている。俺が何かしてやらなくても。

なのに、俺は持田に本当の自分すら見せていない。

「それより、病院って怪我でもしたの？　源さんも心配してたよ」

「ただの虫歯だ」

機械的に口を動かす。

「でも、歯の痛みってつらいだろう」

「痛む前に小川さんが嗅ぎつけた」

持田は「すごい」と感嘆の声をあげた。「ヘレン・ケラーが匂いで人の職業を当てられたって話を聞いたことがあるけど、実際にいるんだね、そういう特殊な感覚を持つ人って」

「そうだな」と、遠くを眺めるような気分で相槌を打った。

「朝倉くんは大事にされているんだね」

鼻から笑いがもれた。「まさか」と首を横に振る。小川朔は単に気を散らせる臭いを生活と仕事の場から退けたいだけだ。心をざわつかせたくないから。その気持ちが今はわかる。

これ以上話していたら余計なことを言ってしまいそうな気がした。直射日光に灼《や》かれて首筋やつむじもじりじりと痛い。「じゃあ、また」と一方的に電話を切る。

スマホを耳から離すと、こめかみを汗がつたった。拳で拭う。暑いはずなのに、手足が冷たくなっていた。

洋館の年季の入った木の床は夏でもひんやりとしている。窓を開けると風通しも良く、森や菜園の香りをのせた清涼な空気が流れ込む。特に、建物の北側にある台所や貯蔵庫は昼でも薄暗く、涼しい。

初夏に作ったミントシロップに炭酸水を注いでいると、応接室のほうから怒鳴り声が聞こえた。荒々しく玄関扉を閉める音が響き、ややあって新城さんがぶらぶらと台所にやってきた。夏でも長袖で、やはり黒ずくめだ。刺青《いれずみ》でも入っているんだろうか。

「まーた、依頼人を怒らせたよ」

応接室に運ぶつもりだった銀の盆から泡のたつミントソーダを取って、ひと息に半分ほど飲む。

「お、うまいじゃん。でもモヒート飲みたくなんね」

「小川さん、たまにそれで作ってますよ」

「ずりいな」と言いつつも、新城さんがここでアルコールを飲んだのを見たことがないし、小川朔もいつも一人の時間に飲んでいる。俺に勧めることもない。

「女を惚《ほ》れさせる香りを作って欲しいって言う奴に、健康状態の悪い異性に性的に惹《ひ》かれる生物はほとんどいません。まずは食生活を改めて口臭を治すところからです、とか言うかね。親でも指摘しなそうなことをよくもまあ。ていうか、俺はそいつの鼻毛も気になったけどな。

朔は外見には頓着しないからな」

「そうですか」

「お前もなんかすっかり落ち着いちゃったね」

「だって、依頼人が怒るのはめずらしいことじゃないですし」

「まあ、そうだな」

新城さんはぐるっと台所を歩きまわって、つまみ食いできそうなものがないと見てとると、ふてくされた顔で背を向けた。

「新城さん」

「あ？」

「新城さんの親ってどんな人でした？」

新城さんは「ふつー」とげっぷをしながら言った。

「良くも悪くもな。興信所やってるとか知ったら大騒ぎする感じの。あ、母親はあんた口が臭いとか言ってくるタイプだわ、朔とはぜんぜん違うけど」

普通か、と思う。俺には普通の家族がどんなものかわからない。カチッとライターで火を点ける音がして、煙をくゆらせながら新城さんが勝手口から出ていった。眩しい陽光が淡い煙をかき消し、台所の影を濃くする。夏は光と影との対比で目が眩《くら》みそうになる。

ひやりとした床に立ったまま、目頭を揉みながら耳を澄ました。小川朔が階段を上っていく。ドアがしまり、静かになった。新城さんの車の音が遠ざかっていく。しばらく洋館を囲む樹々の葉擦れに意識を集中させ、貯蔵庫に行った。

貯蔵庫の棚にずらっと並んだ瓶を眺める。手書きのラベルを貼った透明な瓶の中にはこの洋館で使っている洗剤やルームスプレー、ボディケア用品などが詰まっている。この洋館の香り、そして、小川朔の生活を彩っている香りだ。すべて小川朔の調合によって作られ、瓶の中にしんと慎ましくおさまっている。

そっと手を伸ばした時、バンッと勝手口が勢いよく開いた。心臓が口から飛びだしそうになる。

「おい、坊主！」

慌てて貯蔵庫を飛び出ると、源さんのしわがれた声がした。台所の床に麦藁《むぎわら》帽子の影ができている。

「後でザルかなんか持ってきてくれ」

返事も待たずに去っていく。床にへたり込んで、ばくばく鳴る心臓をなだめながら息を吐いた。

菜園を抜けて、樹木園の中のログハウスへ行くと、入り口の木の階段に腰かけた源さんは手拭いで汗を拭いていた。地面に広げた新聞紙の上でトマトや茄子といった色の濃い野菜がつやつやと輝いていた。

「今日もいっぱい穫《と》れたぞ。ほれ、とうもろこし」

ずしっと重いとうもろこしを手渡してくる。

「皮付きのまま蒸すのを朔さんは好むな。ひげが黒ずまないうちにやってしまうといい」

「蒸すんですか」

「茹《ゆ》でるよりずっと甘くなる」

あちこちでこぼこしたやかんから湯呑みに茶を注いで渡してくる。

「小川さん、夏野菜はシンプルに食べるのが好きですよね。ズッキーニを薄切りにしてオリーブオイルとイタリアンパセリで蒸し炒めしただけとか、グリルした茄子をオリーブオイルとワインビネガーとミントでマリネしただけとか」

「それをシンプルと言えるようになったんだから、料理の腕もあがったな」

源さんはぐいっと茶を飲み干した。俺も茶色い液体に口をつける。飲んだことがないくらい焦げ臭い味をした茶だった。燻製《くんせい》のような味がする。俺の顔を見て、源さんがめずらしく豪快に笑った。

「まずいか」

「いや、まずくはないんですけど……」

「焦げ臭いだろ。京番茶だよ。死んだばあさんが好きでな。焦げ臭え茶だと思っていたが、慣れると癖《くせ》になってな」

「煙草っぽさがありますもんね」

源さんが新聞紙の上の緑の野菜を指した。大きな唐辛子のような野菜で、いろんな方向に捻《ね》じれているが、太陽を吸ったような強い緑色をしていた。

「あれも、ばあさんが好きだった。万願寺《まんがんじ》だ。京都の野菜でな。炙《あぶ》って削り節をぶっかけて醬油《しょうゆ》をちょろっと垂らすとうまいぞ。焼き浸しもいいな」

「わかりました」と頷く。それにしても、野菜が多い。大きな籠を持ってきたが、一度では運べないくらいある。

「持田くんにも持っていってやれ」

「呼ばなかったんですか？」

俺の問いは無視して源さんは続けた。

「最近、お前に会えてないって言ってたぞ。女でもできたか」

一瞬、ぎくりとしたが、からかっているのだと気付く。「どうですかね」と曖昧に答えて、「毎年、こんなに生るんですか？」と話を逸らした。

「いや」と源さんが首を横に振る。樹々の向こうの色鮮やかな菜園を、目をすがめて見遣る。「今年は当たり年だな。野菜だけじゃない、花も草木も生き生きしてやがる。誰かの帰りを待つみたいにな。今年の盆はばあさんが帰ってくるのかもしれん」

「死者は毎年、帰ってくるんじゃないんですか」

源さんは「おれの許《もと》にはどうだろうな」と低い声で呟いた。

「ろくでもない亭主だったからな。娘にも絶縁されて、女房が逝ってから会ってない。娘の許に帰るだろうよ」

無口な源さんは、喋る時に顎髭を撫でる癖があるのに、今日はじっと前を見据えたままだった。目線の先では、木漏れ日の中を蝶がふわふわ飛んでいたが、源さんはそこにはないものを見つめていた。

「なに、したんですか」

「なにもしなかった、仕事以外な。仕事、仕事だった。とにかく会社を大きくすることしか考えてなかった。家に帰っても寝るだけで、女房の顔なんてろくに見ていなかったから、顔色の悪さに気付けなかった。痩せていったのにもな。金の不自由をさせなきゃいいとしか思っていなかった」

口に何か放り込む。黒っぽいぶつぶつした実だった。

「なんですか、それ」

「桑の実だ。食ったことないのか、お前も持田くんも都会っ子だな」

「うまいんですか」

「見つけると癖で摘んでしまうだけだ」

なぜか照れたように言って、「ほれ」と手にある全部を俺に寄越してきた。指の腹が黒っぽい汁で汚れる。一粒、口に入れると鈍い甘酸っぱさが広がった。どことなくひなびた味だった。

「俺、施設育ちなんですよ」

ぽろりと口にしていた。

「だから、家族のことってよくわからなくて。こないだ源さんが芍薬をあげた女性の依頼人がいましたよね。彼女は母親に殴られていたそうです。脳震盪を起こして救急車で運ばれるくらい。それでも、彼女は母親が死んでもなお言いつけを守り、母親を求めている。源さんはただ仕事をしていただけですよね。殴ったり、金銭的に困窮させたりしていたわけじゃない。なのに、なぜ娘さんに縁を切られるんですかね」

源さんはしばらく黙ったまま茶をすすっていた。やがて「わからねえな」と自嘲気味に笑った。

「わからねえから、独りなんだろうな。独りで仕方ねえと思うのに、この焦げ臭え茶の味が忘れられなかった。京都の有名な茶の店からいろいろ取り寄せたよ。でも、どこも違った。この味じゃなかった。女房が使っていた茶葉を見つけて欲しい。それが、おれが朔さんにした依頼だ。朔さんは台所に残っていた香りから、宇治《うじ》の外れの小さな茶園を見つけたよ。そこで摘まれた茶は知り合いにしか卸していなかった。女房の遠縁にあたる家がやっていてな、女房は小さい頃よく夏休みに遊びにいっていたらしい。おれは本当になにも知らなかったんだと愕然としたよ。家族についてなにか語れる身分じゃない」

入道雲を背負った洋館を仰ぎ見る。

「その時、朔さんに支払った報酬があれだ」

「ええ！」と仰天する。

「とはいえ、断わられて、代わりに屋敷も庭も好きなだけ使わせて欲しいと言われたんだけどな。家賃はなしで」

「ここって源さんの家だったんですか？」

「今はここで充分だけどな」と源さんはログハウスを顎で示して、俺の湯呑みに茶を足した。

「そういえば」と手が止まる。

「朔さんも施設育ちだって言っていたな」


八月に入り、太陽はますます熱くなった。

日の照りつける昼間に菜園で作業をするのは危ないと源さんは言い、俺は朝の五時とか六時とかに洋館に出勤するはめになった。まだ小川朔が寝ているであろう時間から麦藁帽子を被《かぶ》って源さんの手伝いをする。

朦朧とした頭で、老人の朝の強さを呪った。

うだるような昼間に眠気に襲われ、たびたび調理や掃除の途中で虚脱するように寝てしまった。依頼人との面談に同席している途中に舟を漕いでしまったこともある。

小川朔は意外にも生理現象には寛容で、「眠い時は寝るといい」と応接室のソファを指した。睡魔に抗うストレス臭が嫌なのかもしれない。

午睡から目覚めると洋館は眠りに取り残されたように静かで、俺はそっと貯蔵庫へ行って透明な瓶に手を伸ばす。スポイトを使って少しずつ手持ちの小瓶に移していく。そうして、夜は茉莉花を部屋に呼んだ。俺が洋館に出勤してまずさせられるように、彼女にもシャワーを浴びてもらう。ボディソープやシャンプーの入った小瓶を手渡し、香りを纏わせる。

シャワーを浴びた茉莉花の肌はしっとりと柔らかく、心地好い冷たさがあった。触れると、洋館にただよう植物の香りが肌で弾けて俺を包む。

あらかじめ念入りにリネンスプレーを吹きかけておいたベッドに押し倒す。瑞々しい香りが、女の甘い声や甲高い笑い声に薄い膜を張る。

ここは月面だと思う。小川朔を思わせる白っぽい静かな月。月の香り。月にいれば、月は追ってこない。

背徳感と安堵が脳を痺れさす。

ぬるい暗闇の中で、香りと肌の柔らかさに埋もれた。


熟れすぎたトマトで保存用のトマトソースを作っていたら、外から新城さんの喚き声が聞こえてきた。

いつものことなので鍋をかきまわし続けた。塩を取ろうと振り返ると、いつの間に階下にやってきたのか、小川朔が居間から俺を見つめていた。ぎくりと身体がかたまる。

「氷をビニール袋に入れてタオルで包んで」

「え」

「早く」と静かに急《せ》かされた。急いで冷凍庫を開け、製氷機から氷をざくざくとすくう。

玄関扉が開く音がしてどかどかと新城さんが廊下をやってきた。

「朔！　森で倒れている奴がいる！　死体じゃねえよな？」

「生きている。熱中症だが、救急車は必要ない。新城、これを脇の下に挟んでここに運んできてくれる？」

小川朔は俺からタオルに包んだ急ごしらえの氷嚢《ひょうのう》を受け取ると、新城さんに渡した。

「うわー生き返る」

「誰が新城の脇の下に挟めと言った」

氷より冷たい目で小川朔が新城さんを見る。

「だって、お前、焦ってないじゃん。どうせ軽症なんだろ」

「吐瀉《としゃ》物まみれになりたくなかったらさっさと助けにいけ。悪化したら嘔吐《おうと》するぞ」

「お前がいきゃいいだろ」

「発見したのは新城だし、僕は他人に触れられない」

どうせ匂いで気付いていただろ、と新城さんがぶつぶつ言う。心配になって「俺、いきますよ」とエプロンを外すと、「朝倉くんは源さんのところで茶をもらってきて」と小川朔に阻まれた。

「茶……？　源さんが飲んでる、めっちゃ焦げ臭い茶ですか？」

「そう。彼女には効くから」

彼女と聞いて、新城さんがぱっと顔をあげた。「俺、いってくるわ！」と犬のように走っていく。小川朔がかすかに笑った気配がした。

源さんのログハウスは無人だった。果樹園のほうに麦藁帽子がちらちらと見えたので叫んでみたが、声が届かない。迷ったが、簡易コンロの上に茶の入ったやかんが置いてあったので、摑んで洋館へ戻った。

勝手口から入り、居間を抜けると、応接室の前に汗だくの新城さんが憮然《ぶぜん》とした顔で立っていた。

「満、なんか冷たいスカッとするもん」

低い声で、じっとりと睨みつけてくる。「はいはい、ちょっと待ってくださいね」と流して応接室に入ると、五十代くらいのふっくらした女性がソファに横たわっていた。目は濡れタオルで覆われているが、頰や唇は血色が良く、ほっとする。

俺が部屋に入った気配を感じたのか、女性が身じろぎをした。タオルを外しておずおずと身を起こす。やかんを片手に持った俺を見て、「ご迷惑おかけして、ごめんなさいねえ」と恥ずかしそうに言った。

「眩暈がおさまるまで横になっていたほうがいいですよ」

窓際に立っていた小川朔がこちらにやってくる。俺の手からやかんを受け取り、短く「コップ」と指示をだす。慌てて台所へと走った。

応接室に戻ると、「弟さんですか？」と女性の声が聞こえた。「いいえ」と小川朔が笑みを含んだ声で答える。

「彼は家政夫《かせいふ》のようなものです」

「では、今はあなたがこちらにお住まいなんですね」

朗らかな口調だったが、かすかに寂しさをにじませて女性は言った。

「はい、住居兼仕事場にしています」

コップに京番茶を注いで女性に手渡す。指先に黒い汚れがついていた。つい最近、見たことがあるような紫がかった染み。俺の視線に気付いた女性が「あら、恥ずかしい」と指先を隠し、「ありがとう」と微笑んだ。コップを持ったまま部屋を見回す。

小川朔が目を細めた。

「あなたがいた頃と変わらないでしょう」

女性が目を丸くして動きを止めた。「へ」と新城さんも応接室を覗き込む。

「あなたがここで育ったのは知っています。二階の小部屋の窓枠に彫られた蔓模様が好きで、よく指でなぞっていた。あそこがあなたの部屋でしたね」

「どうして……」

また気を失いそうな顔で女性が声を震わせる。

「匂いで、ですね」

「匂い」

女性がぽかんと口をあける。

「住んでいた人間の匂いは、薄まることはあっても消えません。壁や柱に浸み込んでいますから。その匂いは、湿度の高い日などに幽霊のようにただよいます。僕はあなたの過去の幽霊と暮らしているので、すぐにわかりましたよ」

女性は数度ぱちぱちと瞬きをした。

「夢をみているのかしら」

小川朔は答えなかった。

「私はいま森の中で眠っているのかしら。懐かしくて、懐かしくて、夢の中で家に入ったのかもしれないわね。それか、あなたの言う通りの幽霊になってしまったのかもね」

ふふふと笑う。茶をひとくちすすって動きを止めた。

「あれ、この味……」

「おい、坊主ー」

勝手口から源さんの声が聞こえた。

「おれのやかん知らんか?」

「こちらでお借りしています」と、小川朔がめずらしく大きな声をあげた。

「あれ、なんで朔さんが」と言いながら源さんの足音が近付いてくる。応接室の開きっぱなしの扉から源さんの頭がひょっこりとでた。そのまま、動きを止める。

「千津《ちづ》……」

呻《うめ》くような声だった。

「千津、おまえ……戻って……」

ばちんと音をたてて自分の頬を両手で叩く。

「違う……違う、泰子《やすこ》か。おまえ、泰子だろう。ずいぶん見ない間に、千津とそっくりになっちまったんだな。病気になる前の、元気な頃の千津だ……」

呆然と立ち尽くす。女性は手元の茶と源さんを交互に見つめて、掠れた声で「おとうさん」と言った。丸い目がゆっくりと滲み、大粒の涙がぽつぽつと膝に落ちた。

小川朔が猫のように音もなく源さんの横をすり抜けていく。

「なに、ぼーっとしてんだ。邪魔だろ、邪魔」と新城さんに腕を摑まれ、応接室から引っ張りだされた。もう廊下に小川朔の姿はなかった。

女性の指についた黒い汚れを思いだす。あれは桑の実の汁だ。源さんが摘んで「ほれ」と手にのせてくれた黒い実。あの女性も幼い頃に源さんに摘んでもらったのかもしれない。懐かしい思い出の味を追いかけて森に入ったのだろうか。

ちゃんと家族の繫がりはあったのだ。

「めずらしくお節介をやいたな、あいつ」

煙草を咥えて、新城さんが口の端を歪ませて笑う。「まあ、この屋敷には世話になってるしな」とポケットに手を突っ込んで、玄関扉の上のステンドグラスを眺める。ガラスが西日に照らされて色を放っていた。この洋館が抱く過去の景色が、鮮やかに輝きだしたような気がした。

源さんと女性は長いこと応接室から出てこなかった。帰るに帰れなくなり、台所で鍋を磨いていたら、すっと背後から静かな香りが流れてきた。

薄暗い台所に白い月が浮かぶ。青い夜の気配がただよう。

凛とした孤独を感じさせる香り。

振り返らなくてもわかった。小川朔が立っている。

「日に灼けたみたいだね。皮膚が軽い炎症を起こしている」

毎日のように源さんの手伝いをしている。今日が特別、日に当たり過ぎたわけではない。

ただ、小川朔から支給された化粧水が今朝、切れてしまい、今日はつけていない。小川朔は日焼け止めだけは作ってくれないので、日焼けを気にする茉莉花が毎晩のように化粧水を浸み込ませたコットンでパックをするから減りが激しいのだ。

「化粧水がなくなってしまって……」

「すぐに言ってくれたらいいのに」

「すみません」

「茉莉花《まつりか》とラベンダーの保湿クリームも渡そう。灼けた肌は乾燥してしまうからね」

小川朔が貯蔵庫のほうへとゆっくり歩いていく。

「茉莉花は」と呟きながら俺を振り返る。「茶や香料に使うジャスミンの名だよ」

「知っています」とやっと声をだす。まりか、じゃない、まつりか、だと自分に言い聞かすのに、鼓動がうるさい。どくっどくっと身体中の血管が音をたてている。動揺したら小川朔に嗅ぎ取られてしまう。

「ジャスミンには、心身ともにいろいろな効能があるんだよ。肌の火照《ほて》りを鎮め、ストレスを軽減させる。快感物質をださせるとも言われているね。夜に咲く花だからかな」

貯蔵庫の扉が軋んだ音をたてる。

「ああ、少し足りないね。そろそろジャスミンも盛りだから収穫しないと。夜に咲く花は、夜に採らないといけない」

かたまったままの俺に「手伝ってくれる？」という声が届く。闇に黒く塗りつぶされた貯蔵庫から。

灯《あか》りもラベルも必要がない人に、俺はどうしてばれないと思ったのだろう。

「じゃあ、満月の夜にしようか」

月を思わせる静かな声が聞こえた。

7
Blood Moon

ジャスミンは夜に咲く花だと、小川朔は言った。

その花のひとつと同じ名の茉莉花が、灯りの消えた部屋で甘い声をあげる。なめらかな身体の曲線が、カーテンの隙間から差し込む月の光でぼんやりと浮かぶ。色の抜けた金髪に近い髪も、金属めいた鈍い輝きを放つ。夜は表情が見えにくくていい。茉莉花は目をとじて声をあげていて、汗ばむ身体からも髪からも、洋館の静かで瑞々しい香りがただよう。人の肌の生々しさより、清涼な植物を思わせる香りだ。かすかな甘さもある。

花だ、と思う。俺の腕の中で咲く柔らかな花。

この香りがあれば、俺は平静さを保てる。肌が触れ合う快感に酔っても、衝動に呑み込まれることはない。

失いたくない。

抱き寄せて、もっと深く柔らかい身体に沈む。茉莉花の腕が俺の背中にしがみつく。耳にかかる吐息が熱くて、一瞬どきりとするが、首筋からの植物のひんやりした香りに落ち着きが戻ってくる。歯科衛生士の仕事を終えてうちにきた茉莉花が、マッサージ用のオイルをこめかみや首筋につけて揉んでいたのを思いだす。深く息を吸い込み、茉莉花の声に合わせて腰を動かす。大きく、高くなっていく声は終焉《しゅうえん》を予感させる。

洋館に通って痛いほど知った。花は終わる。華やかな盛りの後、ぽとりと落ちるか、徐々に萎れていくか、どちらにしろ、永遠に咲く花はない。常に花々に囲まれているように見える鮮やかな庭園だが、無数の花が次々に咲いては終わりを迎えている。

茉莉花の身体が痙攣《けいれん》し、ぐったりと力が抜ける。水からあがった時のように俺の身体も重くなる。ベッドに身を投げだして暗い天井を仰ぐ。

小川朔は気付いている。

俺が彼の調香したボディケア用品やルームスプレーをこっそり盗《と》って茉莉花に与えていることに。茉莉花の名は匂いでは知りようがないので、新城さんに調べさせたのかもしれない。

茉莉花が俺の肩に額をくっつけてくる。どちらのものかわからない汗でしっとりとしている。まだちょっと息が荒い。片手をのばしてほつれた髪を撫でる。人形のような乾いた指触りの髪。優しくできることに安堵する自分がいる。

また求められると思ったのか、「眠い」と茉莉花が湿った声で言った。肌を合わせた後は、いつもすぐに寝てしまう。

「満の部屋ってすごくよく眠れる」

そう甘えた声でつぶやく茉莉花の顔を俺はちゃんと見たことがない。いつも部屋は暗いまま彼女に触れる。抱き合うのは楽だと思う。顔を、目を、見なくていいから。

「適度な運動のおかげじゃない？」

ふざけて言うと、かすかに笑った気配がしたが、もう返事はなかった。髪から手を離す。

暗闇の中、茉莉花の乱れた息が規則正しい寝息に変わるのをじっと聞いていた。


控えめな音で目を覚ました。まだ部屋は薄青い。

台所とも廊下ともいえない床に、流しの蛍光灯の光が落ちている。じゅわっとフライパンの音がした。卵と油が混じった匂いが流れてくる。

身を起こすとベッドが軋んだ。フライ返しを持った茉莉花が振り返る。

「あ、おはよう」

「早くない？」

「満、最近いつもこれくらいに出るじゃん。あ、やば」

頭を掻きながらベッドから立ちあがる。茉莉花はフライパンを片手で持ちあげてコンロの火を止めた。かすかに焦げた臭いがした。

「あれ、はがれない」

フライ返しでごしごしフライパンを擦っている。「寝てていいのに」と言ったが聞こえていない。この古いアパートには洗面所がないから流しで顔を洗わなきゃいけないのだが、茉莉花が立ち塞がっていてできない。

「ごめん、ちょっと焦げちゃった」と皿を差しだしてくる。縁がちりちりと焦げ、黄身がひしゃげた目玉焼きがあった。フライパンは流しに突っ込まれている。「あ、パン焼くね」と床にしゃがんで買い物袋をがさがさtermさせる。

「そういうの、いいって」

思わず、強い声がでてしまい、茉莉花の手が止まる。俺を見上げた目が赤く潤んでいた。ぎょっとして、「俺、料理できるし。家事全般得意だから」と慌てて言う。あの洋館で日々仕込まれているから。「職場、まかないでるし」

「そうなんだ」と茉莉花が立ちあがる。ぐじゅと鼻を鳴らす。部屋に戻って、小川朔から渡された化粧水の容器を取ってくる。

「これ。ほら、切れていた化粧水」

ぱっと茉莉花の表情が明るくなる。

「わ、嬉しい。これ、いい匂いだし、肌も落ち着くんだよね。いつもありがとうー」

蓋を開け、嗅いでいる。けれど、まだ鼻をぐしゅぐしゅいわせている。泣いているのかと思ったが違うようだ。よく見ると、なんだか顔も腫れぼったい。

「風邪?」

「あー」と茉莉花は首を傾げる。「花粉かなあ。なんか最近ちょっとね。たまに熱っぽいし。でも、青文字の入浴剤? あれ使うと、すーとして気持ちいい」

ずび、と洟《はな》をすする。

「病院いけよ」

「毎日いってる」

「それ、歯医者だろ」

「そろそろ診察にきてくださいね、朝倉さん」

「はいはい」と言いながら、顔を洗った。フライパンに浮かぶ油の膜がやけに目について、たわしで擦って焦げを取り除いた。コンロの上にひっくり返して置く。歯を磨いていると、

「あのさ」と背後で声がした。

「うちらって付き合ってんだよね？」

聞こえなかったふりをして手を動かす。小川朔の配合した爽やかなシトラスミントの香りが口の中で弾ける。ドラッグストアで買う市販の歯磨き粉とはまったく違う自然な清涼感。

この香りを失ったら、もう彼女とはいられない。

皿にじわりと広がる黄身を眺めながら「もう出るから」と言った。


摘みたてのハーブティーの透き通った緑が陽光にきらめく。ガラスポットを通過した光はテーブルの木目の上でもう揺らめいていて、今日も暑くなりそうだった。

朝食を済まし、ティーカップを口に運んでいた小川朔がすっと立ちあがった。それだけで身体が強張る。

小川朔は台所にやってくると、空になったティーカップとソーサーを流しに置いた。ついと視線を窓の外へ遣り、「ジェノベーゼにして」と静かに言い、訊き返す間もなく出ていっ

た。階段を上がっていく音はしない。玄関のほうから微かな音がしたので、外に行ったのだとわかる。

ほぼ同時に、勢いよく勝手口が開いた。新城さんも源さんも乱暴に開け閉めするので、そう遠くないうちにここのドアは壊れそうな気がする。

「坊主！」と緑の塊が叫ぶ。源さんだ。顔も見えないくらいわさわさと濃い緑の葉を抱えている。わずかにつんとした爽やかな香りが台所にひろがった。

「大葉が増えすぎた！」

「見ればわかりますよ。ここにお願いします」

床に新聞紙を敷いて置いてもらう。台所の中央にこんもりとした茂みができた。源さんは軍手を外してしゃがむ。

「ここらへんはまだ柔らかいからそのまま食えるだろうが、育ちすぎちまった部分はかたいからなあ、持田くんに持っていってもらうわけにもいかねえな」

菜園で生った野菜を無駄にすることを源さんは嫌う。「小川さんから」と手拭いで汗をふきながら居間のほうを見る。

「ジェノベーゼにしろと指示をもらっています」

天井近くの棚から大きめのミキサーを取りだす。この量を洗うことを考えるとぐったりするが、少なくとも仕事を言いつけられるうちはまだ安心だ。

「なんかイタリアンのやつか？　バジルじゃねえのか」

「バジルはシソ科らしいので、たぶん大葉で作れってことだと思います」

レシピノートをめくる。

「あった。松の実じゃなくて胡桃を使うんですね。それにしても、この大葉、香りが鋭いですね。育ちすぎると匂いも強くなるんですか？」

「いや、もともと大葉はこんなもんだ。スーパーで売られてるやつが弱いんだよ。人参でもほうれん草でもなんでも苦みも匂いもなくなって。それじゃ、味も栄養も薄まるわな。朔さんに言わせると、大葉は香りが強いものじゃないと抗菌作用がないんだってな。だから、刺身とかに添えられている最近の大葉は、効果もなんもないお飾りみたいなもんだよ」

ずいぶんと饒舌だ。日に灼けた顔が心なしか緩んでいる。娘との再会が嬉しいのだろう。でも照れ臭いのか話題にはださない。

「ここの野菜、娘さんにも食べさせてあげたらどうですか？」

俺もしゃがんで大葉の茂みを掻き分けて、柔らかい葉を選んで鋏で切る。青い香りが強くたった。

「む」とも「ん」とも言えぬ声をだして源さんがへの字口で頷く。

「子供が二人いるらしい。大学生と高校生だってよ。本物の野菜の味を教えてやらんとな」

「へえ、孫ですか」と言いながら、ぷつんぷつんと大葉の細い茎を切っていく。タイルの床からひんやりした冷気が伝わってきて心地好い。しばらく黙って葉を摘んだ。

「俺、きっと解雇されます」

源さんは一瞬だけ手を止めて、「そうか」と言った。わけは訊いてこない。源さんに打ち明ければなんとかしてくれるとは思っていなかった。なんとなく、言葉にしてみたかったのだと言ってから気付く。源さんは新城さんと違って小川朔に話したりしないだろう。

「坊主のせいじゃねえよ。朔さんは、やっぱ、嬢ちゃんじゃなきゃ駄目なんだろうな」

源さんがぼそりと呟く。

「前にここにいた、若宮さんですか」

「ああ、そうだ。ときどき顔は見せるがな」

「ラベルに、なんでしたっけ、飾り文字みたいのを書く仕事を依頼しているって言ってました」

「へえ」と源さんは顎髭をしごいた。「ラベルなんて、あの人の鼻に必要あるかねえ」

立ちあがって腰をとんとんと叩く。

「坊主がいなくなりゃ、心配した嬢ちゃんが戻ってくるかもしれないもんな」

源さんは居間の開いた窓を見つめていた。風に揺れる白いカーテン。目線の先には緑あふれる菜園があり、その片隅に植わった樹の下に小川朔がいた。

「朔さんはよく、月桂樹《げっけいじゅ》の下にいる。知ってたか？」

「ローリエですか？　この間、摘んで干したところです」

「ああ」と源さんが頷く。

「乾燥させるのは、生葉だと煮込みに使うには苦みが強すぎるからだ。月桂樹は常緑なんだ。

冬でもあのつやつやした青い葉を茂らせている」

窓辺に近付く。眩い日差しを遮る枝葉の下で小川朔はじっと佇んでいた。白いシャツに青々とした葉が影を落としている。俺も外仕事の手伝いの時、たまにあの樹の下で涼んでいた。風が梢を揺らす度、見えない香りの雨が降るようで、清々しい気分になれた。

「月桂樹は、神の求愛を拒んだ美しい娘が、その姿を変えた樹だそうだ。けして触れられない女性なんだと」

突然、源さんがらしくない話をしたので驚く。源さんは困ったような顔をして「朔さんから聞いた物語だ」と付け足した。

「この間、気付いたよ。おれは待っていたんだってな。会いたくても、姿を見たくても、自分からはいけねえ。だから、娘が思いだして、記憶の中のおれを許してくれるのを、待っていたんだ。たぶん、朔さんも同じだ。自分から手を離したから戻ってきて欲しいとは言えないんだ。近付いて、触れるのが怖いんだな。おれたちは似ているんだよ」

「それは若宮さんのことですか？」

尋ねたが、源さんは答えなかった。バシッと俺の背中を叩き、「坊主にゃあ、こんな辛気臭い場所は似合わねえよ！」としわがれた声で笑う。励ましてくれているのだろうが、惜しんでもらえないことに一抹の寂しさを覚えた。それなりにうまくやれていると思っていた。

「今日の昼飯はその大葉のソースでスパゲッティか？」

「源さんは素麵《そうめん》にしましょうか。合うと思います」

「お、いいな。じゃあ、もうひと踏ん張りしてくるか」

源さんが首に手拭いを巻きなおし、麦藁帽子を目深に被った。またドアを蹴り飛ばすような勢いで開けて出ていく。

月桂樹の下にいる小川朔を眺めた。梢は風で揺れ、日光も刻一刻と強さを増しているのに、一枚の絵のような静けさがあった。

四季は巡り、森も菜園も姿を変えるのに、洋館と小川朔だけが時間を止めた存在のように思われた。


「もう、今日はいいよ」とめずらしく日が落ちる前に帰された。

今日は依頼人もなく、新城さんも現れず、洋館は静かなままだった。小川朔は昼食を除いて姿を見せることなく二階でずっと調香をしていた。

継続的にルームフレグランスを提供している宿泊施設などがあり、次の季節のための香りを作らねばならないようだった。たとえ同じ香りでも、湿度や気温が変われば感じ方は変わる。通年、同じ香りに感じられるように微妙に配合を変えるのだと、小川朔は言っていた。

時折、密度の違う一筋の香りが階段をすべり降りてくる。意識を集中させると、揺らめく香りの筋が見えるような気がした。すぐに洋館の香りにまぎれてしまうが、それはどれも嗅いだこともないような匂いで、記憶のひだをくすぐっては消えていく。もう一度、深く吸い込みたいと思うが、自力では思いだせないような香りばかりだった。そっと階段を上り、仕事部屋のドアの隙間に鼻を近付けたくなる。

おまけに、今日に限って特に用事を言いつけられなかった。流しや床を磨きながら、耳を澄ます。二階は物音ひとつしない。つい、試されているように感じてしまう。俺が貯蔵庫から何か盗まないか、わざと隙を与えられているような気がした。

「まっすぐ帰ったほうがいい」と、階段から俺を見下ろしながら小川朔は言った。なんとなく反発心がわいた。

森の坂道を自転車で下り、高級住宅地を走り抜ける。茉莉花の働く歯科医院が目に入り、メッセージがきていたのを思いだしたが、返さずに進んだ。路面店の多い川沿いのほうへ向かう。

自転車を漕いでいると、段々と空が暗くなってきた。日が暮れてきたのかと思ったが、雲が低く垂れ込めている。蒸し暑く重い空気がどんよりと絡みつく。

心持ちスピードを上げると、煉瓦の壁に木の看板が見えてきた。前に若宮さんを見かけたパン屋だ。確か、木曜の夕方にシナモンロールを販売するんです、と話していたことがあった。今日は木曜だ。もしかしたら会えるかもしれない。

窯で焼く素朴なパン屋はいつ来ても並んでいる。今日も三、四人、積みあげられた薪の前に人影が見えた。自転車を停めると、シナモンとバターと砂糖がじゅくじゅくと溶け合う、熱い匂いがして腹が鳴った。会えなくても買っていこうと列に並ぶ。

待つうちに空が低く唸りだした。夕立ちがきそうだ。小川朔がまっすぐに帰れと言っていたのはこのことだったのか。後ろのほうから列がばらばらとほどける。

シナモンロールとベーコンエピを袋に詰めてもらうと、慌てて外へ出た。自転車に乗ろうとすると、小柄な女性が小走りで店に入っていくのが見えた。大人しそうな横顔が似ていた。

ぽつぽつとコンクリートに水玉模様ができていく中、じりじりと待っていると紙袋を胸に抱えて若宮さんが出てきた。紺色の傘を開きかけて、はたと俺に目を寄越す。

軽く頭を下げると、気付いたようで「こんにちは。もしかして、シナモンロールですか？」と微笑みながら歩いてきた。「はい」と掲げた紙袋にぼつぼつと音をたてて大粒の水滴が落ちてくる。二人して空を見上げた数秒後にどしゃ降りがはじまってしまった。

どどどど、と音をたて、雨が降ってくる。いや、もう雨というより盥《たらい》をひっくり返したようだった。水煙がたつ中、若宮さんは俺に傘を差しかけてくる。彼女の白い靴下がはねた泥水であっという間に汚れていく。

「いいですから！　俺、行きますし！」と傘を押し戻す。

若宮さんが何か言ったが、雨音で聞こえない。俺の声も聞こえていないのかもしれない。このままだと二人ともずぶ濡れだ。

「じゃあ、また！」と喚くと、若宮さんは俺の紙袋をひったくって走りだした。啞然として雨に打たれていると、振り返って手招きした。路地裏へ入っていく。激しい雨に思考を奪われて自転車を押して追う。

若宮さんは路地を抜けると、蔓の絡まるアーチのあるアパートへ駆け込んだ。俺も自転車ごとアーチをくぐる。

　アパートの二階に続く階段の前で並んで息をついた。コンクリートの床に雨水がはねてどんどん灰色になっていく。夕立ちはしばらく止みそうもない。土の匂いが立ち込める。よく見るとアパートの周りにはよく手入れされた薔薇の茂みがあちこちにあった。

「ごめんなさい、パンだけ取って。朝倉さん、濡れてしまいましたね」

　若宮さんが俺を見上げる。

「いえ、パンが濡れずに済んで助かりました。まだあったかかったし止むの待つ間に食おうかな」

「あの、ここ、私のアパートなんです。良かったら、雨宿りしていきませんか？　狭くて申し訳ないですけど」

「ええ！　悪いですよ」

　遠慮したが、若宮さんは「どうぞどうぞ」と俺のパン袋を持ったまま階段を上がっていく。

　自転車を階段に立てかけていると、一階のドアが開いて紫色の髪をしたお婆《ばあ》さんが俺を睨みつけてきた。手にバケツや掃除道具を持っている。

「あんた、なんだい」

　一度上がった若宮さんが慌てて下りてきて、「すみません。小川さんのところの従業員さんです。雨が止むまで自転車を置かせてもらっていいですか？」と言った。

　お婆さんが「ふん」と鼻を鳴らし、「あんた、あの子になんかしたら新城に言いつけるからね」と怒鳴るように言う。二人そろって顔馴染みなのか。

どちらかといえば小川朔のほうが怖いんだが、と思いながら「お邪魔します」と頭を下げ下げ階段を上がった。「大家さんなの」と若宮さんが小さな声で言った。

若宮さんの部屋はものが少なくて片付いていた。入るとすぐに、あの香りがした。凜とした孤独を感じさせる香り。白と紺色と淡いグレーで統一された部屋によく合っていた。部屋の色はどことなく小川朔を連想させた。

ベッドの傍の小さな書き物机の上にだけ、インクのボトルやスケッチブック、英文字が書かれた紙や本がのっていて、ついさっきまで若宮さんの手が触れていた痕跡があった。

渡されたバスタオルからは植物めいた香りがした。「これ」と呟く。

「小川さんのですか」

「え」と紅茶の缶を片手に若宮さんが台所から顔をだす。

「あ、いや、洗剤とか、なんかいろいろ小川さんが作ったものを使っているのかなって」

「そうですね……」

若宮さんは少し言葉を探すように目をさまよわせた。

「なくなりそうな頃に渡してくれるんです。ラベルのお代を、私が受け取らないからかもしれません」

小さく頷いて、顔をあげる。

「あ、紅茶でいいですか？　ごめんなさい、冷たい飲み物がうちにはなくて。なにか飲みたいものがあったら買ってきますよ」

「若宮さん」

台所へと近付くと、床が軋んだ音をたてた。若宮さんが俺を見上げる。透明な眼差しをする人だと思った。無防備とは少し違う。なんだろう、と思いながら見つめる。なんで、この人はこんなに静かなのだろう。

「俺、解雇されそうなんです。原因は俺なんですけど。でも、あそこの香りがないと、俺、すごく困るんです。なんとかなりませんかね」

若宮さんは黙ったまま俺を見上げていた。

「若宮さんみたいに、あの洋館を離れても香りが欲しいんです。全部じゃなくていい。若宮さんと小川さんがつけているその香水だけでもいいから。譲ってもらえませんか」

ひと息に言った。若宮さんはゆっくりと睫毛を上下させていたが、すっと目を伏せた。

「ごめんなさい。朔さんからいただいたものを、あなたにあげることはできません」

「お願いします！」

思わず腕を摑んでいた。雷が鳴って、ちかちかと台所の白熱灯が揺れた。我に返って手を離す。

若宮さんは怯えも驚きもしなかった。ただ静かに目を伏せている。彼女の纏う透明さの正体がわかったような気がした。この人は自分の身に起きるすべてのことを受け入れようとしているのだ。何か、大きな覚悟を決めた人の佇まいだった。

湯が沸いて、やかんが高い音をたてた。

若宮さんはコンロの火を止めると、俺を見た。

「わけをお話ししてもいいですか」

頷くしかできなかった。

「差しあげても、同じ香りにはならないからです。前に朝倉さんは私と朔さんの香りが同じだと言いましたよね。でも、それは恐らく同じ香りを使っているわけではありません。微妙に配合を変えているはずです。私の体臭と朔さんの体臭は違います。まず性別が違うのですから。朔さんの香水は肌にのせてはじめて完成します。その人の体臭に合わせて作られているんです。だから唯一無二なんですよ」

「じゃあ……」

「朝倉さんが依頼人になって香りを注文するしかないですね」

身体から力が抜けた。そうだ、最初からそうすべきだったのだ。こそこそと貯蔵庫から盗まなくとも。

「あと、石鹼や歯磨き粉やリネンスプレーも、私たちにはわからない範囲で違うと思いますよ。朔さんが洋館で働く人を香りで染めるのは自分のためですから。その人の健康を維持しつつ、体臭をまぎれさせる配合にしてあると思います」

黙ったままの俺をそっと窺う。若宮さんは吐息のような小さな声で言った。

「あそこの香りって楽ですよね……」

「え」

「自分のかたちが消える感じがして。違いますね。違う自分になれる気がするんですよね。整った、濁りのない、朔さんに作られた存在に。わかりますよ」

若宮さんは俺に背中を向けると、紅茶の缶を開けた。丸いポットに湯を注いで温める。

「私はあそこの一部になりたいと思ったことがありました」

罪深い告白をするような密やかな声だった。

「でも、出ていかなくてはいけないんです。あの場所は特別な場所だから、ずっとは居られない。私は過去と向き合わなくてはいけなかった。あそこはその力を蓄えるために楽をさせてくれた、ひとときの隠れ家でした」

「過去……」

やわらかな紅茶の香りが流れてくる。彼女の淹れる茶は美味しいと、源さんも新城さんも言っていたことを思いだす。

「若宮さんは戻りたいとは思わないんですか？　小川さんの傍にいたいと感じたことはないんですか？」

華奢な肩を見つめながら訊いた。彼女はなめらかな動作で紅茶を淹れると、かすかに微笑んだ。

「朔さんは世界の見え方が違う人だから。彼と違って私たちは秘密も永遠も保ち続けることはできないんです」

だから、この距離感がいいの。

静かな微笑みは、そう言っているように見えた。

「台所、暑いでしょう」

訊かれてはじめて自分が汗を滴らせていることに気付いた。

冷房のきいた部屋で紅茶を一杯だけ飲んだ。確かに紅茶は美味しかった。けれど、もの凄《すご》く香り高いとかそういう感じではなく、濃くも薄くもないちょうど良い味だった。ほっと肩の力が抜けるような、寄りそってくれる茶だった。

腹が減っていたはずなのに、シナモンロールは食べる気にならず持ち帰ることにした。夕立ちはほどなくしてあがり、帰ろうとすると書き物机の上のラベルが目に入った。どれもフランス語で書かれていて読めない。

「これってなんのラベルなんですか？　お客さんに渡しているの見たことないんですけど。貯蔵庫のとも違う」

「朔さんの記録用みたいですよ。四季折々の庭の植物の香りを閉じ込めているそうです」

「へえ」と答えながら、違和感を覚えた。一体、何のためだろう。

「折りたたみ傘、お貸ししましょうか？」

声をかけられて「もう大丈夫です」と玄関へ向かった。

外は雨あがりのコンクリートや土がむわっとした匂いを放っていた。薔薇の葉は雨水で濡れ光っていた。

自転車を発進させてから振り返ると、若宮さんが夕日を背負って立っていた。ちらりと頭の片隅を赤い月がよぎる。いや、でも、違う。彼女は俺が知っている女たちとは違う。もう一度、夕日のオレンジを目に焼きつけて強くペダルを踏んだ。


「今日はカップルだから、よろしく」と、朝食中に新城さんが顔を覗かせた。

「なんか結婚指輪じゃなくて結婚香水を作りたいんだってさ。世界にひとつの」

「わかった」とサラダを食べながら小川朔が短く答えた。

「うわ、パクチー入ってんじゃん。俺、苦手なんだよね」と新城さんがうろうろとテーブルの周りを歩く。

「食べていけなんて言ってない。それに、もう食べただろう。チェーンのファストフードの粗悪な油の臭いがする」

「俺の朝飯に文句つけんじゃねえよ」

いつもの言い争いを無視して片付けをはじめると、「じゃあ、あと一時間でくるから」と新城さんはどかどか足音をたてて帰っていった。小川朔はよほど油の臭いが気に障ったのか、居間の窓をすべて開けると、朝食を残したまま二階へ行ってしまった。

一時間後、すらりとした男女がやってきた。身綺麗にしており、老けた印象はなかったが、もう若くはなく、二人とも四十代に見えた。「こんにちは」と言った男性の声に聞き覚えがあると思ったら、著名なアナウンサーだった。小川朔はもちろん気がつかないが、そのことで気を悪くする様子もなかった。

「彼女が重度の金属アレルギーなんですよ」と、男性はにこやかに言った。

「だから、指輪がつけられなくて。こちらでは唯一無二の香りを作れると伺って参りました」

「できますが」と小川朔は銀縁の眼鏡を外した。「同じ香りを纏いたいということであれば、別々の香りを作ることになります」

二人が、えっという顔をする。

「体臭は皆、違うので、同じ香水をつけたとしても同じ香りになるわけではないのです。同じ香りにしたければ、それぞれに合わせた配合にします。トップ、ミドル、ラストと変化に従って同じように香るものを作れますよ」

「すごい」と同時に息を呑む。

「でも、そこまで完璧じゃなくていいんです」と男性が微笑んだ。

「世界にひとつだけの、同じ香水であれば、それで。彼女の肌で香る匂いが、私のものと違ってもいい。同じ香りを感じていなくとも、彼女が私の香りを、私が彼女の香りを、それぞれ特別なものとして認識していられればいいのです」

女性も頷く。

「わかりました」と小川朔は言った。けれど、ノートをひらこうとしない。銀縁の眼鏡もかけてしまった。

精油を垂らした冷たいおしぼりを依頼人の二人に手渡そうとすると、小川朔はすっと手で制した。

「依頼としては問題ありませんが、日を改めましょうか」

「どうかしましたか？」と男性が驚いた顔で言う。

「奥さまは妊娠されています。いま、おだししようとしたおしぼりには、いくつか妊婦には禁忌となる精油が使われているので下げますね。僕の香りは天然香料を多く使います。妊娠中ですと選べる香りも限られてくるので、出産後に作るほうがいいかと思います」

小川朔の後半の言葉は二人には届いていなかった。手を握り合って見つめ合っている。女性は目を潤ませていた。

「もう、諦めていたんです……」

女性はため息とともに呟き、頬に手を当てた。

小川朔は二人の様子をしばらく黙って見ていたが、一度かけた銀縁の眼鏡をすっと音もなく外した。指を組んで顎に軽く当てる。

「失礼ですが」

明らかに女性のほうしか見ずに声をかけたが、二人は同時に小川朔を見た。

「嬉しいですか？」

「はい？」

「子を授かって」

「当たり前じゃないですか！」と男性が明朗快活な声で言う。小川朔はあなたに訊いていない、とでも言いたげに目を細めた。女性を見つめる。

女性は小川朔のぼんやりとした灰色がかった目を見返して、ふっとほどけるように笑った。

「ええ、嬉しいです」

「まだどんな子かわからないのに」

さすがに男性が怪訝な表情を浮かべた。けれど、女性は笑みを崩さず言った。

「もちろん」

小川朔は目を伏せると、銀縁の眼鏡を取りだした。

「では、安定期に入ったら新城に連絡してください。その時までになにかイメージを共有しておいてくださると助かります。旅した場所とか、忘れられない情景とか、まったく架空のものでも結構です」

そう言うと、「失礼します」と応接室を出ていった。二人は小川朔の不躾な質問など忘れてしまったかのように目を見交わし合い、雲を踏むような足取りで帰っていった。

だすタイミングを完全に失った茶を片付けていると、小川朔が階段を下りてきた。段の途中で足音が止まる。猫のようにこちらを窺っている気配がした。

息を吐き、廊下に出る。

「残業をお願いできるかな」

ああ、今夜なのだ、と思う。

「茉莉花の花が盛りを迎える。折好く、満月だ。収穫を手伝ってもらいたい」

「はい」と足元を見つめながら言う。

「君の最後の仕事だ」

やっぱりそうか。

「わかりました」と答える。

「帰宅は朝になるかもしれない。連絡しなくていいのかな。夜に約束があるんじゃないの」

「あの……」

意を決して顔をあげると、「さっきの依頼人との話を聞いていた？」と遮られた。

「あ、はい」

「妊婦には禁忌となる精油があるって、僕は言ったよ。君があれこれ分け与えている彼女が妊娠していないって保証はあるのかな」

さっと血の気がひいた。

「妊娠はない……です……」

「嫌悪と拒絶の匂いがするね。子供は嫌い？」

何と答えていいかわからなかった。「妊娠はありえません」とだけ言う。

「妊娠はしていなくとも、彼女にはアレルギー症状がでている。なにに反応しているかまではわからないけど」

茉莉花の充血した目や腫れぼったい顔を思いだして、心臓がぎゅっとした。

「ちょっとすみません！」とスマホをポケットから取りだして電話をかける。何回コールしてもでない。メッセージを送っても既読がつかない。俺が数日返信していなかったせいかもしれない。焦って指先が震える。

「命に別状はないから大丈夫だよ。いまのところね。でも、呼吸困難になったり、アナフィラキシーショックを起こしたりと酷《ひど》い事態もあり得た」

とん、とん、と小川朔が階段を下りてくる。俯いたままの視界に柔らかな仔羊革《こひつじ》の靴が入ってきた。

「君は彼女を危険に晒したんだ」

冷たく硬い声がごろんと胸に転がった。

「それに、最初に言ったはずだ。嘘は駄目だと。厳密には盗みは嘘にはならないかもしれないが、君がこっそり貯蔵庫に入っていた時、嫌な臭いがこの洋館中にただよっていたよ。罪悪感がある限り、この敷地内では犯罪はできない」

「すみませんでした！」

恥をかなぐり捨てて廊下に膝をつく。頭を下げて床に這いつくばって懇願する。

「俺……どうしてもここの香りが必要なんです！　じゃなきゃ、誰かといられないんです。俺が呑み込まれてしまう……だから、お願いです。一生かけても返すので、俺に小川さんの香りを作ってもらえませんか。身勝手だとはわかっています。でも……」

静かな声が聞こえた。あまりに意外で、ぽかんと口をひらいたまま小川朔を見上げる。

「いいよ、と言ったけど」

ぼんやりした灰色の目が俺を覗き込んでいた。

「お金は要らない。ただし、交換条件がある。誰かといられないいんじゃなくて、自分を落ち着ける香りがないと女性に触れられない、だよね。そして、君が嫌悪しているのは子供じゃなくて母親という存在だ。そのわけを話して欲しい」

「わけ？」

「母親とのことを話してくれればいい」

「なんで……」

小川朔はちょっと首を傾げた。

「知りたいから」

意味がわからなくて小川朔を凝視した。見つめても見つめても、ぼんやりと淡い目には何の感情も浮かんでこない。ただ、嗅がれているのはわかる。俺の動揺も、困惑も、そして、怒りも、嗅ぎ取られている。それをこの人は愉《たの》しんでいる気がした。

目の前に透明な小瓶が差しだされる。

「これが欲しいなら話すんだ。心配しなくても、君の気持ちは少しならわかる。僕も母親という存在に対して疑いがある。肉親への情なんて別に必要だとも思わない。さっきの女性は本当のことを言っていたけれど、僕はずっと母親に嘘をつかれていたからね」

「嘘」

くり返すだけで、頭が働かない。

「僕という存在を母親は受け入れられなかったんだよ」

小川朔は他人事のように言い、続けた。

「昔のことを思いだせないのなら玉手箱をあげるよ。知ってる？　浦島太郎《うらしまたろう》の玉手箱からでてきたのは煙ではないという説があるんだよ。あれはね、香りなんだって。香りを嗅いで記憶がよみがえって、彼は歳をとったんだ。香りはね、一瞬で時を超える。試してみる？」

もうひとつの小瓶が目の前に現れる。前の小瓶と区別がつかない。そっくり同じガラスの小瓶。

「さあ、選ぶといい」

静かな声が言った。他の音が何も聞こえない。外では蟬がわんわんと鳴いているはずなのに、暑さすら感じない。

透明な液体が揺れるのを見つめる。背後では赤い月が満ちていくのを感じた。

8
Full Moon

幼い時の記憶は断片的で、ばらばらに切られた写真が散らばっているようだ。もしかすると、子供の俺はどこかで写真を切り刻んだのかもしれない。手元に昔の写真はない。施設での集合写真も受け取らなかった。俺は幼い自分の顔も、父親の顔も、知らない。施設に入るまで保育園にも学校にも通っていなかったので、友と呼べる存在もいなかった。

物心ついた頃は祖母のもとにいた。ごりごりとかたい皺だらけの手の感触と曲がった背中を覚えている。古い家は寒く、あちこちに物が積まれて暗かったが、掌にちくちくとする畳を這って縁側へ行くと、眩しい緑の庭があった。庭には時折、綿毛のような白い猫がやってきた。祖母は猫が嫌いで見つけると箒《ほうき》を持って追いかけるので、俺はいつも祖母に気付かれないように横目で猫を見つめていた。ふわふわとした毛に触りたかった。

母親はときどき来る人という認識しかなかった。白い猫のほうがまだよく見かけるくらいだった。母親と祖母は折り合いが悪く、顔を合わせるといつも喧嘩《けんか》をしていた。どちらかが泣き崩れるか酔い潰れるまで女たちの諍いは終わらず、俺が止めようとしても勢いが増すばかりだった。

女たちのとげとげした罵り合いやきんきんした甲高い声は鋭利な刃物のようで、耳に刺さるとなかなか抜けなかった。

ある日、俺は耳をごしごし擦りながら裸足《はだし》で庭に飛び降りて、伸び放題の庭木の中に身を隠した。視線を感じて顔をあげると、苔に染まった庭石の上に白い猫がいた。長い尻尾が柔らかく動いて、丸い瞳が俺を見つめていた。光の塊のようだった。甘い気持ちになって手を伸ばす。猫はするりと身をひるがえし、音もなく逃げてしまった。悲しくて、腹がたった。好きなのに、触りたいのに、撫でてあげるのに、箒を持って追いかける祖母と同じように扱われたことに傷ついた。

「きらい！　きらい！　きらい！」

叫んだ。地団駄を踏み、猫のいた庭石を放り投げ、辺りの葉を千切り、枝を折り、暴れた。気がつくと、祖母と母親が縁側に立って俺を見ていた。かまわず、「きらい！」と喚き続けた。母親の手にいつもある臭いけむりをだす煙草に。祖母の神経質な眉間の皺に。そして、二人の畏怖の目に「きらい！」と絶叫した。

祖母の家を出たのは雪の日だった。ぐしょぐしょの道で靴の中はすぐに冷たく湿り、何度か滑って転んだ。「泣いたらおいていくから」母親は赤い唇を歪めて言った。

母親と俺の間で雪が舞っていた。灰色の空からふつりふつりと白い雪が落ちてくる。庭にいた白い猫の毛のようだった。掴もうとしたら消えた。「なにしてんのよ」と母親は苛立った声をあげ、俺の腕を掴んだ。皮膚に食い込む赤い爪を見て、白く柔らかいものは俺の手には入らないのだと思った。

母親との暮らしはよく覚えていない。やはり物の積まれた、狭い部屋でテレビを見るか、寝るか、腹をすかしていた。カーテンの閉め切られた部屋で記憶はますます切れ切れになった。いつもわんわんと蠅《はえ》が唸っていた。はらってもはらっても視界を飛び交い、耳に潜り込もうとする。俺はゴミの山の中でめちゃくちゃに暴れたが、蠅を仕留めることはできなかった。夜になると、蠅は静かになった。その静けさを破るようにして酔った母親が帰ってくる。母親はゴミにまみれた俺を見て笑う。「きったねーちょっと触んないで」と笑いながら俺を突き飛ばす。怒る日もあったが、俺は笑われるほうが嫌だった。笑われると、俺はまた暴れ、母親はそんな俺の襟首を押さえつけ叩いた。「こいつ、最悪」と出ていってしまうこともあったし、「いい加減にしてよ」と背を向けて寝てしまうこともあった。

ある日、母親は知らない男と帰ってきた。男の影は玄関を塞ぐように大きくて怖かった。男は一歩も部屋に入らず「きったねー」と笑い、きびすを返した。いつも俺を笑う母親は笑われて小さくなっていた。いい気味と思って「きったねー」と叫ぶと、母親は俺の頬をしたたかに打って男の後を追っていった。

しばらくして戻ってきた母親は、靴のままやってきて「あんたがいるから」と怒鳴った。耳の横を叩かれて音が弾け、後の言葉は聞き取れなかった。むちゃくちゃに俺を殴る母親の、赤く充血した目を見ていた。白眼に血の糸が走って、血の涙が流れそうだと思った。

赤い口紅、赤い爪、赤いバッグ、赤い下着。母親の記憶は赤の断片でできていて、顔を思いだそうとしてもうまくいかない。

「本当に？」

静かな声がぬるい闇から問う。あまりにも静かで、頭の中に浸み込むような声。

「見ないようにしていたんだと思います」

「どうして」

「嫌いだったから」

黒々とした樹々がざわりと揺れる。風に甘い香りがかきまわされる。白く光る小さな花をひとつ、ひとつ、摘む。

「がくや苞《ほう》は入れないで」

いつもと同じ調子で小川朔が指示をだす。この暗さで花だけを摘めというのか。

「月明りで充分だろう。今夜は満月なんだから。ジャスミンの花は夜から朝にかけて手摘みで収穫する。花は暗くなると咲きはじめ、夜半に満開となり、徐々に香りが高まっていく。夜摘みと朝摘みでは香りがまったく違う」

確かに、花は月光を受けてぼんやりと光っている。茉莉花は低木で、どの花にも手が届くが、雪をかぶったように一面に咲いていて、すべて摘むことを思うと気が遠くなった。

「満月が怖い？　前に、赤い月が追いかけてくると言っていたね。でも、今夜の月は赤くはないよ」

そろそろと見上げる。手元の花々と同じような色の月が浮かんでいた。ひとつの欠けもない、白くなだらかな丸い月。「満月……」と呟く。「満月は騒がしいですか？」

ほんの少し間が空いて、声が返ってくる。

「そうだね。月がというより、空気がね。仁奈さんの恋人の月経がほぼ満月とかぶると言っていたのを覚えているかな。珊瑚《さんご》の産卵も満月だし、世界のあちこちの民族に新月や満月の時は出産が増えるという言い伝えがある。集中力が高まるという人もいるね。不敬の意から月を指さしたり笑ったりしてはいけないと信じられてる国もある。月は恐怖心を呼びおこす対象でもあるんだ。自覚はなくとも、過敏な君もなんらかの影響を受けているのかもしれない。月の引力が強く働くと生き物たちがさざめくからね。ほら、茉莉花もまるで丸い月に呼ばれたように満開だ」

夜がざわざわと生ぬるさを増した気がした。辺りにはむせかえるような甘い香りがただよっている。暗い森の中に入った時から、どこかで夜の湿り気をまとって花が咲いているのがわかった。濃く、ゆらゆらと、眠りについた生き物を夜の闇へと誘う香りだ。指先でほろりと取れる、まるで重さを感じさせない儚《はかな》い花弁が放っている匂いとは思えないくらい強く甘い。満ちた月が、この香気をひきだしているのだろうか。

「触れられそうに濃いよね。とても、官能的だ」

官能など欠片も感じさせない声で小川朔が言う。既視感があった。若宮さんだ。彼女が口にした「欲望」という単語は奇妙なほど似合わなかった。彼女も、小川朔も、透明な無機物を思わせる佇まいをしている。俺はそれが羨ましくて、手に入れたくて、同じ香りを纏いたかった。だから、ここにいるはずなのに、ずいぶんと遠い場所に来てしまった気がする。

「ジャスミンの花の香りを構成するアロマには少なくないインドールが含まれる。一般的に不快や嫌悪を覚える糞尿臭や動物臭があるんだ。それでも、三大花香のひとつとして人に愛されている。不思議だね」

俺の手を逃れた白い花が音もなく暗い地面に落ちていく。雪のような、ふわりとした速度で。小さい頃、触れなかった白い猫や雪を思いだす。小川朔に渡された籠の中には摘んだ無数の花が白い塊になっている。けれど、軽い。何も入っていないみたいに軽いままだ。ただ、濃密な甘い香りだけがある。

花の香に酔ったようになりながら思う。これは夢なのかもしれない。

黒い影になった樹々にまぎれて小川朔の姿は見えない。声だけが届く。

「どうして母親が嫌いだったの？」

「俺を笑うから」

「笑うだけ？」

「殴られた。引っ掻かれた。怒鳴られた。暴れると飯をくれなくなった。俺は憎まれていた」

まるで月と会話しているようだ。月は時折、雲に隠れ、手元が夜に染まる。暗さに呑まれると落ち着いた。

「どうして、そう思う？」

「俺なんかいなければいいっていつも言っていた。そのくせ、泣きながら抱き締めてくる。鬱陶しかった」

「抱き締められるのも嫌だった？」

「嫌だ」

「どうして？」

「だって、嘘だから。本当は俺のことなんか嫌いなくせに」

俺が手を伸ばしても、抱っこをせがんでも、振り払うか、無視された。寒くて眠れない晩は家に帰ってこなかった。なのに、自分はべたべたと触ってくる。男に去られると、あんたしかいない、と嘘をついて抱き締めてくる。

「わかるよ」と声が言う。「嘘は、におう」

「え」

「手が止まっている」

しんと静かな声が促すままに花を摘む。籠がほんのりと光る白で埋まっていく。考えることを放棄して、手を動かしながら話し続ける。

「嘘は嫌だ。どうせまた殴られるのに、抱き締められるのは嫌だ」

だから、拒絶した。母親がいつもするように。嫌だ、と振り払った手は簡単に摑まれた。赤い爪が食い込んで痛かった。押しのけようとしても、小さな俺の力は母親には敵《かな》わない。

きらい。叫んだ。きらい、きらい、きらい、と金切り声をあげ、渾身の力で突き飛ばした。

耳に刺さる悲鳴。何かが潰れたり、割れたりする音が響いて、目をあけると、ゴミ袋や段ボール箱に埋もれた母親が俺を睨んでいた。破れたストッキングに目を遣り、短く舌打ちをする。あ、と鋭い声をあげ、爪が割れたと俺を罵った。ひどい、と責めたてる。あんたもおんなじ。あたしから逃げるなら、と俺の髪を摑んだ母親の片手には、鈍く光る包丁があった。

「でも、刺したのは君だった」

月が言う。はっとなって見上げる。赤くはない。雲が半分かかった月は青みを増して、乾いた骨の欠片のようだ。

「俺が、刺した」

「刺されそうになったから？」

「……わからない……よく覚えていない。母親が包丁を持ちだすのはめずらしいことじゃなかった。酔っている時に振りまわして、傷をつけられたこともあった」

思わず自分の左肩に触れていた。ここに走った熱い痛みは覚えている。恐怖と憎しみも。

「だから、いつかやってやろうと思っていた……気がする。刺される前に、刺してやろうと、いつか……」

「君は背中から刺した」

湿った柔らかさを手の中に感じた。ぎょっとして拳をひらく。

一瞬、赤く染まった幼い自分の手が見えた。闇の中、くっきりと。

母親の血で濡れた、赤い、小さな掌。

ぼすっとにぶい音がして、足元に白が散った。落としてしまった籠から茉莉花の花がこぼれたのだと、数秒経って気付く。手の中では、ひしゃげた白い花が甘く香っていた。慌てて、手をズボンに擦りつける。

ポケットの中に固い感触があった。震える手で取りだす。透明な小瓶がひんやりと光った。

「やっぱり、知っていたんですね」

小瓶の冷たさで我に返った。小川朔が玉手箱だと言って渡してくれた小瓶だ。この中に閉じ込められた香りを嗅げば、ばらばらの記憶を繋ぎ合わせることができるのだろうか。

「君が母親を刺したことを？」

「はい」

落とした花を拾えと言われるかと思ったが、小川朔はよどみのない声で言った。

「だから、君をここに呼んだ」

「え……？」

「君の怒りの匂いを覚えていた。あの店に新城と行ったのは偶然じゃない」

「え、それ、どういう……痛！」

声のするほうへと踏みだして、思いきり樹にぶつかる。尻餅をついた俺の傍で、葉の擦れる音がした。手から小瓶が消えている。

「この香りを嗅げば思いだすかもしれないよ」

雲間から月が覗き、白い額が見えた。息が苦しくなるような甘い匂いの中、小川朔がすぐ傍にしゃがんでいた。

「前に薔薇の香りには鎮静効果があると言ったのを覚えているね。香料の世界では薔薇が女王で、ジャスミンは王と言われる。ジャスミンの効果は覚醒だ。思いだすには、ぴったりの晩だよ」

俺が落としてしまった小瓶を拾い、すっと差しだしてくる。

俺はふらふらと手を伸ばし、小さなガラスの栓を抜いた。


かすかに気の遠くなるような、すうすうとした匂いがした。

薬臭いと思ってすぐに、このすうすうした感覚は匂いではなく味だったと気付く。

これは薬だ。小川朔がくれた杏仁水という咳止めの薬。杏の種から作った、杏仁豆腐と同じ香りの薬。

でも、俺にとってはこの香りは薬だ。小川朔に渡されて飲んだ時、懐かしい感じがした。

じゃあ、俺はこれをどこで飲んだのだろう。

ふっと波の音がした。重い潮風も。低い草しか生えない荒野にぽつんと建つ診療所。その向こうに荒れた灰色の海がある。

怪我をすると、そこへ連れていかれた。無精髭だらけの、よれた白衣を着た大きな男が俺を見て「またか」と煙草をふかす。お前は本当に血の気が多いな、やるなら怪我しないようにやれ。まったく面倒だ、と文句を言いながら手荒に消毒液をぶっかけてくる。

診療所は奇妙な匂いがした。薬品とひなびた枯れ草のような匂いが混じって、何かを煎じている時は近付くだけでくしゃみが止まらなくなった。天井からは草や茸《きのこ》がぶら下がり、薬品棚には粉や種の入った瓶がずらりと並び、薄黄色い液体の入った瓶には蛇やトカゲや虫が浸《つ》かっていて、施設の子供たちから恐れられている場所だった。そこで飲ませられる薬は大抵ものすごく苦かった。唯一、咳止めの薬だけが甘ったるい匂いで喉にすうすうと冷たく、風邪をひくとご褒美のように感じられた。

咳止めの薬の匂いに潮の香が混じり、診療所の黄ばんだ寝台の匂いに変わり、海沿いの町の景色が流れる。香りの変化と共に、記憶が流れ込んでくる。

錆びた鉄の門、酸っぱいような子供の汗の匂い、手垢でべたつく玩具や本。泣き声がする。喚き声も、はしゃぐ声も。走りまわる小さな無数の足音。叱る声。いつも誰かが騒いだり、泣いたり、諍っていた。施設はいつも騒々しく、大人たちの俺を見る目には怯えや畏怖があった。苛々したり、腹をたてたりすると、俺は暴れた。年長の子にでも飛びかかり、止めようとした人の腕に嚙みつき、テーブルを蹴り飛ばし、窓ガラスを割って、手当たり次第に物を壊した。昂奮と怒りで目の裏が真っ赤になると、痛みも恐怖も消えた。口の中に血の味がひろがり、鼻の奥がつんとする。赤い月が囁《ささや》く。もっと、もっと、と。もっと真っ赤に染まってしまえ。

血の匂い。膿んだ傷の熱と生乾きの体液の匂い。ちりちりする視線。

女の笑い顔。血走った眼《め》。赤い口紅。赤い爪。

ゆっくりと赤い月が大きくなっていく。暗闇の中、血の匂いが濃くなる。

赤い月の真ん中に女がいた。

目を見ひらいて俺を見つめている。

それは、じわじわと広がっていく血溜まりの中に倒れた、俺の母親だった。

振り返る。わずかに開いた窓の隙間から白い満月が見えた。

「思いだした？」

静かな声が、花の香りのただよう夜へと意識を呼び戻す。

「月じゃなかった」

膝に湿り気を感じた。地面に崩れ落ちたまま、小川朔を見上げる。白いシャツがぬるい風に膨らんだ。

「母親だった。俺が刺した母親の血だった。月は俺を見ていた」

「記憶が混じったんだね」

「母親の顔を思いだしました」

小川朔は黙っていた。

「俺、駄目なんですよ。女の人に笑われたり、馬鹿にされたりすると、ついかっとなって手がでてしまう。それって、ぜんぶ母親への憎しみのせいだったんですね。いつも母親の代わりに、傍にいた人を傷つけてきたんですね」

返事はない。ただ、むせかえるような甘い香りだけがどんどん降ってくる。息が荒くなる。苦しい。甘ったるい。香りの強さでこめかみが脈打つ。

「俺、いま、どんな匂いですか……どんな感情を抱いていますか？　憎しみですよね？　だって、俺は悪くない。俺が刺されていたのかもしれないんですから。あいつが悪い。あいつのせいで、憎しみが、疑いが、消えないんだ。ねえ、そうですよね、俺、まだ憎んでいるんですよね。答えてくださいよ。小川さんにはわかるんでしょう」

手を伸ばした。白い革靴を履いた足は俺の手を避けるようにすっと一歩下がった。息が苦しくなるほどの情動が込みあげる。

「いまのは」と、たんたんとした声が響いた。

「怒りだ。君は拒まれると怒りを覚える。けれど、悲しみや落胆も匂った。人間の感情はグラデーションだ。ただ、君の怒りは強すぎて、それらを塗り潰す。本人ですら気付かないほどに。僕は、君のその怒りが眩しかった。昔からね」

何を言っているのかわからなかった。

「まだ思いだせないか」と小川朔は俺の目の前にしゃがんだ。

「僕も君と同じ施設にいた。とはいえ、僕はほとんど診療所にいたけれど」

その時、淡い灰色の影のような目がよぎった。今の小川朔の目よりもっとぼんやりした捉えどころのない目。ごちゃごちゃと草の根や葉が垂れ下がる診療所で、寝台に横たわる俺を見下ろしていた白い顔。

「あそこの変わり者の医師がね、僕の植物の先生だよ。もっとも、彼が教えてくれたのは薬効ばかりで香料植物には関心がなかったけれど。でも、僕の嗅覚を疎まなかったのは彼だけだった」

一瞬、口をつぐんで「ああ、新城もか」と付け足す。かすかに笑った気配がした。

「傷だらけで運び込まれる君からはいつも強い怒りの匂いがした。結晶みたいに純度の高い、自分の身体の痛みすら感じていない鮮烈な怒りだった。眩しかったよ。母親を刺した子供だと知って、ますます興味を持った」

「興味」

そうくり返しながら、思いだしていた。施設にいた幽霊のような年長の男の子を。俺のように暴れるわけではない。細くて大人しいのに、みんなが遠巻きにしていた。「視《み》える」らしいと噂で聞いた。何がかはわからない。ただ、口をひらけば当てる。天気を、人の隠し事を、誰かの不幸を。施設内で食中毒がでた時も一人だけ無事だった。大人たちからも気味悪がられていた。

「君と僕の境遇は似ている。僕は母親から殴られたりはしなかったけれど、存在しないもののように扱われていた。彼女は僕を見ず、話しかけず、触れなかった。でも、ある日、抱き締められたんだ。すぐ戻ってくるからねって。僕を抱き締めた母親からは嘘の臭いがした。案の定、彼女が帰ってくることはなかった。僕は捨てられた」

小川朔が地面に散らばる白い花をつまんで、転がった籠に入れる。ひとつ、ふたつ、ゆっくりと。

「母親が戻ってこないことを確信していたのに、僕は彼女を責められなかった。嘘を指摘できなかった。期待なんか抱けないほど強い臭いがしていたのに。その臭いは部屋に残り続けた。ずっと。今も記憶の中で褪《あ》せることがない。十代の頃の僕は、小さな君の眩いばかりの怒りに憧れていたよ。暴力を振るう君には一片の迷いも後悔もなかった。君の強い怒りの匂いは、一瞬だけ、嘘の臭いを霧散させた。同じように外界を圧として受けやすい体質なのに、僕と君では何が違うのだろうと考えた。君には跳ね返す力があった」

「でも、俺は……」

「君を捜したのは別の理由だ。君がどんな人間に育ったのか知りたかった。人は変われるのか。親に拒絶された人間が正しい執着を抱けるようになるのか」

「正しい執着？」

「そう」と小川朔は立ちあがった。

「君が僕の香りを欲しがったのはなんのため？　そして、君は本当は思いだしている。母親を刺した理由を」

　夜が明けるまでに摘みなおして、と籠を差しだしてくる。

　受け取った瞬間、玄関にしゃがむ母親の背中がよぎった。大きなバッグとトランクが横にある。母親はブーツを履きながら、すぐ戻ってくるから、と俺を見ずに言った。嘘だ、とわかった。俺から逃げるつもりなのだと。俺が逃げるのは許さないくせに、自分は逃げるのか。

だったら、と湊をすすりながら包丁の柄を握った——

はらはらと白い花が落ちてくる。まるで月から降ってくるみたいに。地面に座り込んだまま見上げた。

拒絶された怒りだったのか。

悲しみや寂しさを感じないように真っ赤な怒りで染めて、そうやって俺は生きてきたのだ。昼間の熱を残した地面は柔らかく、真夏の夜はぬるいのに、指先は冷たいままだった。寒い、と思った。腹の底にぽっかりとした穴が空いて、力や熱が奪われていく気がした。ああ、これが虚《むな》しさなのか。

のろのろと立ちあがって花を摘む。俺の最後の仕事だ。これだけはやり遂げようと思った。一晩中、花を摘み、六つの籠をいっぱいにした。指示通りに、五つを蒸留器のある源さんのログハウスの前に置き、ひとつを持って洋館に入ると、居間のテーブルの上でガラスの水差しが朝日を透かしていた。そばには、メモと小瓶があった。

水差しの中には茉莉花の白い花が浮かんでいる。コップに注いで飲む。花の香の移った水は喉にやわらかく、かすかに甘い気がした。

メモは、ジャスミンのクレームブリュレのレシピだった。花を牛乳に浸けておくように、と書かれている。ブレないな、と小さな笑いがもれた。俺がいなくなっても、この洋館の植物も、小川朔の日常も変わらないのだろう。台所に籠を運び、作業台に置いた。朝露に濡れたみずみずしい花たちはすぐさま香りを抽出され、瓶に詰められて彼の生活の一部になるだろう。

居間に戻ると、小瓶を手に取った。

青い夜の気配を纏う、欲しかった香りが揺れていた。


まだ寝静まっている街を抜けて、アパートに帰るとベッドに倒れ込んだ。そのまま、眠った。途中、尿意と喉の渇きを覚えて身を起こした他は何もせずに眠り続けた。身体も頭の芯もぐずぐずに溶けていくような眠りだった。

夢の中なのか、現実なのか、月がのぼった気配がした。目の裏にしんと冷たい光を感じた。でも、まだ恐れがあって目をあけられなかった。

目覚めた時は昼だった。数時間なのか、一晩なのか、それとも二晩眠りこけたのかわからなかった。床に投げ捨てたスマホを手に取って、どうでもいいとまた放《ほう》った。冷蔵庫の中をあさって目についたものを口に入れ、機械的に咀嚼《そしゃく》した。何の味もしなかった。そして、またベッドに横たわった。

ただただ、眠った。飲むものがなくなると、蛇口から水道水を飲んだ。食欲はないままだった。敷布団もシーツも汗で湿り、身体も髪もべたべたして不快だった。それでも、起きる気になれなかった。眠っているのか、目をとじているだけなのか、その境目が混沌《こんとん》としてきて、自分の身体の輪郭すらも覚束なくなってくる。

時折、隣の部屋から子を叱る母親の甲高い声が聞こえた。泣き声がすると、壁を殴った。

ドアの前に誰かが立つ気配もした。スマホは何回か振動していたが、電源が切れたのか、やがて静かになった。カーテンを閉め切った薄暗い部屋に自分の体臭が充満していくのを感じた。このまま部屋と一体化したら自分が消えるんだろうか、と思った。

どれくらい経っただろう。どん、どん、とドアが鳴っていた。

無視しても鳴り続ける。それどころか、叩く音は大きくなり、震えがベッドまで伝わってくる。しつこい。まるで諦めない。

「朝倉くん！」

声がした。ややあって、俺の名も呼ばれる。

「満！　満！」と、何度も、何度も、名を呼ぶ。

うるさい、と思う。もう、いらない。名前も、俺も。

「満！　満！　大丈夫？　返事をしないならドアを破る！　満！」

やめて欲しい。名を呼ぶのはやめてくれ。

立ちあがると、足がふらついた。視界が暗い。ドアを開けて、眩しさに目が潰れそうになった。

「朝倉くん……」

光の中に持田がいた。人の好い顔をめずらしく険しくさせて、俺を見つめていた。

「ずっと電話にもでないし、源さんも姿を見ていないって言うから。どうした？　ひどい顔をしている」

「放っといてくれ」

閉めようとしたドアを摑まれる。すごい力だった。いや、俺に力がないのか。

「放っておけないよ」

「俺は心配されるような人間じゃない」

「なに言ってんだよ」

持田は、まるで自分が傷を負ったような顔で俺を心配している。「俺は」と目を逸らした。口が粘ついてうまく喋れない。

「ずっと言ってなかったけど、人を殴ったことがある。母親を刺した。女に手をあげて連行された。俺は加害者なんだ。持田を殴っていた奴と同じ、人に危害を加える側の人間だ」

持田はしばらく黙っていた。外からは蟬の鳴き声がして、ドアを摑んだままの持田の手には汗の粒が浮かんでいた。土気色の俺の腕は乾いていて、もう暑さも感じなかった。

「でも、後悔しているよね？」

「またやるかもしれない」

「僕に暴力を振るうの？」

ぐっと喉に何かが詰まった。唇が切れて血の味が口にひろがった。

「振るいたく、ない」

「じゃあ、いいよ」と持田は笑った。目尻に皺をいっぱい作って。

「俺を許すのか」

「いや」と持田はドアを開けて中に入ってきた。部屋を突っ切り、ベッドに足をかけ、カーテンを開ける。窓を開放すると、風が抜けた。

「朝倉くんがしてしまったことは消えないし、許すのは僕じゃない。僕は朝倉くんに傷つけられていないから。でも、もしその人たちに許してもらえなくても、僕らの間には関係がないことだよ」

背中で言い、「とりあえずさ」と振り返る。

「シャワーを浴びて、髭剃《そ》って、飯を食いにいこう」

立ち尽くしたまま持田を見つめた。「これ、ぜんぶ洗ってきていい？　コインランドリー、近くにあるよね」とタオルケットをつまみあげている。

「よく触れるな。ヤバイくらい臭いだろ」

「正直、必死だよ」と持田が笑った。「笑えてくる臭さ！」

どうして、あの香りが欲しかったのかようやくわかった。俺に向かって笑いかけてくれる人を失いたくなかったからだ。

「ちょっとだけ、電話していい？」と断って、スマホを充電器に繋いだ。画面が明るくなると、新城さんの番号を探した。

夕暮れの高級住宅地を抜けて、歯科医院の駐輪場に自転車を停める。赤く滲んだ夕日が街に沈んでいくのを眺めながら待った。

裏口から受付の女性たちが私服で出てきて、俺に怪訝な目を向けた。ぺこりと会釈すると、一人が迷いがちに足を止めた。

「茉莉花ちゃんならもう少しかかりそうだから、呼んでこようか？」

「ありがとうございます。大丈夫です」と、もう一度頭を下げる。「待ちます」

すっかり暮れた頃、裏口が開いて、茉莉花がスニーカーをとんとんとさせながら出てきた。俺を見て、あからさまに眉間に皺を寄せる。距離を取ったまま、慌てて言う。

「待ち伏せしてごめん。これだけは伝えたくて。茉莉花にあげた化粧水やクリーム、使うのをやめて欲しいんだ。成分のなにかでアレルギー症状がでている可能性があって。俺が考えなしに渡したせいでしんどい思いをさせて悪かった」

茉莉花は喋る俺をじっと見上げていたが、「終わり？」と言った。

「うん」

「あっそ」と横をすり抜けていく。

「や、違う」

思わず腕を摑む。鮮やかなブルーのTシャツから伸びた腕は驚くほど細くて柔らかかった。薄闇に浮かぶように白い。「ごめん」と手を離しながら、こんな腕をしていたんだな、と思う。「なに」と睨みつけてくる顔も幼く見えた。初めてちゃんと顔を見た気がした。

「もし、まだ間に合うなら」

唾を飲む。心臓がどくどくと音をたてて、茉莉花に聞こえてしまいそうで恥ずかしくなった。いや、聞こえても仕方ない。もう隠さないと決めたのだから。

「話を聞いて欲しい。俺のこと。ちゃんとぜんぶ話したい。それで、もし嫌じゃなかったら、怖くないと思えたら、付き合って欲しい」

吐くようにひと息に言って、茉莉花の顔を見ると、きょとんと目を丸くしていた。目が合うと、はっとして「いまさら」と口を尖らせる。

「別に怖くないよ。最初に言ったじゃない。でっかいから怖く見えるけど、けっこうかわいいねって」

「そうじゃなくて俺は……」

「わかった、わかった」と遮られる。「でも、その前にちゃんと治療に来てくださーい。予約をすっぽかす人は嫌いです」

鼻に皺を寄せて俺を威嚇する。猫みたいで可愛かった。

「ごめんなさい」

「じゃ、予約取りなおそっか」

近付いてきた茉莉花から薬品と整髪料の匂いがした。それと、胸をくすぐるような肌のにおい。そっと溜息をつくと、不思議そうに俺を見た。

「いいにおいがするなって思って」

「え、汗臭いよ。院長、ケチだから患者さん帰ったらすぐ冷房消しちゃうし」

「ううん」と首を振る。「俺、茉莉花のにおいが好きだ」

体臭を求めることは唯一無二の欲望。

いつか小川朔がそんなようなことを言っていた。確かに、これは執着だ。彼もまた、代えのきかないものにとらわれることを恐れているのだろうか。


夏が過ぎた頃、新城さんから連絡があった。

細い雲がたなびく高い空を眺めながら、澄んだ空気の中を自転車で走った。煉瓦壁のパン屋の傍を通る時はつい若宮さんの姿を探してしまう。夏の夕立ちの日から一度も会えていなかった。

信号待ちをしていると、花屋から見覚えのある女性が出てきた。分厚い眼鏡に、襟元まできっちりボタンを留めた白シャツ。地味な紺色のスカートだけはふんわりとした素材になっていた。

橘さんだった。自分を殴っていた母親を亡くして尚《なお》、母親の匂いに執着していた女性。

橘さんはピンクと白のコスモスの花束を大事そうに抱えていた。俺がじっと見ていても、生真面目な彼女はまったく気がつかない。視線は腕の中の花に注がれている。彼女の世界に嗅覚が戻ってきたのかどうかはわからなかった。けれど、花を買い生活を彩っていることに安堵した。

自転車を発進させて信号を渡り、橘さんを追い越す。微笑んでいるように見えた。そして、強烈だった柔軟剤の匂いはもうしなかった。自転車を漕ぎながら、深く息を吐く。

橘さんは生きている。母親を忘れたわけではないけれど、後を追うようなことはしなかったのだ。

ひさびさに坂を上った。森の緑はどことなく黒ずんで、葉は乾燥しはじめていた。あちこちの樹々に蔦が絡んでいた。初めて見る森に思え、この森の秋を知らなかったのだと気付く。冬にやってきて、まだ一年も経っていなかった。

門を抜け、道が広くなり、洋館が見えてくる。ここにいたのが遠い昔に思われた。それくらい懐かしさが込みあげる。

チャイムを鳴らしたが誰も出ないので、中に入った。清涼な香りに包まれる。飴色の床に落ちたステンドグラスの色鮮やかな光を踏んで、廊下を進む。

居間の長テーブルに足をのせて新城さんが椅子を揺らしていた。黒ずくめの服を着て、口の端に煙草をぶら下げながら。変わらない、と気が抜ける。

「おひさしぶりです」と俺が言い終わらぬうちに、新城さんが「お前さあ」と喚くように言った。

「ほんといい根性してるよね。俺に依頼するなんてさ」

ぎいぎいと椅子が鳴る。これが依頼人にする態度だろうかと思いながらも「お手数かけて、すみません」と頭を下げる。

「別にたいして大変な調査でもなかったけどな」と、新城さんは口を歪めて笑う。

「お前だってさ、知ろうと思えばいつだって知れたんだ。家族なんだからさ。まあ、わかってるだろうけど」

胸ポケットから半分に折られた茶封筒を引っ張りだし、テーブルに滑らせる。

「ほい、それ、住所。お前の母親は生きているよ。苗字は何回か変わったが、今は旧姓に戻っている。あとは朔に訊け」

「え」

「面倒臭えな、何回も言わせんな。源さんにやれ木通《あけび》だ、茸だって、こき使われてへとへとなんだよ。朔が庭で待ってる、行け」

顎をしゃくる。

「あ、あの、ありがとうございました。ええと、報酬は……」

「それも朔から貰っている」

新城さんはうるさそうに言うと立ちあがった。身体を揺らしながら台所のほうへ行く。背中で「さっさと話を済ませろよ。もうすぐ一香ちゃんが来るからな」と言うと、もう一度「ほら、行け」と煙草に火を点けた。

ふわふわした足取りで菜園を抜ける。毎日、うんざりするほど穫れたトマトはもう支柱が取り払われていた。

菜園の向こうで麦藁帽子が動いていた。声をかけようと思ったが、オレンジ色の割烹着《かっぽうぎ》を着たふっくらした女性が見えてやめた。慣れない手つきで手押し車を押している。源さんの照れたような笑顔が浮かぶ。

菜園を抜けて果樹園へと向かう。捻じれた大ぶりの枝の下に小川朔が佇んでいた。相変わらず、まわりの音が吸い込まれてしまうような、しんとした空気を纏っている。近付いても、俺のほうを見ない。でも、俺が庭に出た瞬間から気付いているはずだ。

枝葉の間に赤い実が見えた。林檎かと思ったが、違う。いくつかの実が裂け、中から血の珠《たま》のような赤い粒がのぞいていた。いまにも零《こぼ》れそうだ。

「柘榴《ざくろ》だよ」と、静かな声が言う。

「香料としても、食用としても使う。太古から様々な伝承や神話に登場する果実だね。でも、相反する言い伝えも多い。庭に植えるのも縁起が悪いとも、良いとも、どちらも言われる」

柘榴の話をするために呼んだのだろうか。そんなはずはない。

「収穫するんですか？」と問うと、「そうだね。でも、柘榴は色ほど華やかな香りはなく、土っぽい。グレナデンシロップを作ろうかな」と梢を見上げた。どの実も赤く、まるまると膨らみ、穏やかな日差しに輝いている。

「もう赤が怖くはない？」

赤い実を見つめて「たぶん」と呟く。俺の頭の中にだけ存在する赤い月はときどき夢にあらわれる。母親の顔はまだまっすぐには見つめられない。

だから、新城さんに依頼したのだ。母親の行方を捜してくれと。

「柘榴を食べたことはある？」

首を振る。

「人肉の味がするとかいう」

「そうなんですか」

「僕は人肉を食べたことがないからわからない。人間の子供を食べていた鬼子母神《きしぼじん》という鬼神が、子供の代わりに食べていたとする俗話がある。そこから言われるようになったようだよ」

話はとまらない。

「鬼子母神がどうして人間の子を食べていたかというと、何百人という自分の子供を育てるためだったそうだ。けれど、そのうちの一人が隠されてしまう。彼女は半狂乱になり、子を奪われる痛みを知り、人の子を喰《く》らうのをやめた。人も、神も、痛みを知るまではわからないものだね」

「小川さん」

「さて、君が母親を刺した晩は満月だったそうだね」

突然、俺の話になり戸惑う。

「満月を見たせいで、血溜まりを赤い月と思い込んでいたと小川さんが……」

「そう、でも、部屋の窓はいつもカーテンがかかっていて、外にも出られなかったと君は言った。じゃあ、君はどこで満月を見たのか」

「祖母の家にいた日の記憶と混じったんじゃないですか」

ざわ、と風が吹いて赤い果実がゆらゆらと揺れた。ずっしりと重そうなのに落ちない。ちらちらと見ていると、小川朔が「調べた」と言った。

「あの晩は確かに満月だった。そして、警察の調書によると君は床に座り込んで、窓の隙間から月を眺めていたそうだよ」

「覚えていません」

「ここでひとつ問題が起きた。母親は意識不明、幼い君は刺したと言う。けれど、凶器が見つからなかった。ゴミだらけの部屋を片付けても見つからず、数週間後、窓の外にストールにくるまって捨てられているのが発見される。誰が隠したんだと思う?」

小川朔のぼんやりした灰色の目を見つめる。銀縁の眼鏡はかけられていない。俺の感情の動きは嗅ぎとられている。「わかりません」と呟く。

「ストールは君の母親のものだった。君の母親は背中に刺さった包丁を自分で抜き、窓を開けて捨てたんだ。けれど、そこで気を失い、床に仰向けに倒れた。なぜ、そんなことをしたんだろうね」

返事ができなかった。

俺を庇おうとした?

そんな甘い想像が浮かんで、そんなはずはない、と打ち消す。俺は憎まれていた。俺も憎んでいた。だから、刺した。刺した俺を、あの母親が許すはずなんてない。

でも、じゃあ、なんで。

熱いものが喉の奥に込みあげ、緑の葉と赤い実がぼやけた。たった、一粒だけ涙がこぼれた。地面を見ると、血の珠のような柘榴の粒が散っていた。血の涙。

「わからないなら、訊いてくるといいよ。居所はわかったんだろう」

すっと小川朔が背を向ける。

「待ってください！」と叫ぶ。

「なに」

「あの、たてかえてくれたって新城さんが」

小川朔は目を細めた。

「君は香りを受け取らなかった。だから、新城の調査代を払った」

「それは……」

「もう、ここの香りは必要ないんだろう」

「そんなことありません」と追いすがる。「もう少し、もう少しだけ、ここにいさせてください」

小川朔は目の端で俺を見ると、「いいよ」と言った。

「収穫の秋で手が足りないからね」

そう涼しげに言う小川朔の表情がほんの少しだけ揺らいだ。注意して観察しなければ見逃してしまうくらいわずかに。目がここではないどこかを見つめる。

彼の人並外れた嗅覚が唯一無二の人の香りを捉えたのだろう。

「あのラベルはなんのためなんです？」

問うと、灰色の瞳が動いた。

「彼女のためだよ」

めずらしく素直に答える。

「洋館を取り巻く香りを閉じ込めている。四季折々に咲く花の匂い、雨上がりの庭の匂い、冬の枯れ木を抜ける風の匂い、朽ちていく薔薇の匂い、落ち葉に日が差す匂い……この柘榴の実の匂いも瓶に詰める」

「それは、若宮さんの依頼なんですか」

「いや」と小川朔は目をそっととじた。笑っているように見えた。

「彼女にとってこの庭は隠れ家なんだそうだ。だから、いつか彼女がまたこの庭に逃げたくなった時のために作っている。そうすれば、源さんがいなくなっても、僕がここを離れても、永遠にこの庭は存在する。ガラスの瓶の中にね」

そんなの、と思う。小川さんが彼女の傍にいればいいじゃないですか。あなたが感じている世界を香りに変えて、二人で永遠を共有すればいいじゃないですか。

言いかけて、やめる。これが二人のかたちなのだ。

代わりに、歩き去っていく細い後ろ姿に声をかけた。

「小川さん、正しい執着ってなんですか？」

「君はほんとうに質問が多いね」

文句を言いながらも、小川朔は足を止めた。

「赦《ゆる》しかな」

静かな声だった。迷いのない足取りで森へと入っていく。

一歩、一歩、坂を上ってくる、風のような人を迎えにいくために。

初出
「小説すばる」二〇二一年十月号～二〇二二年五月号
単行本化にあたり、加筆・修正を行いました。

本作はフィクションであり、実在の個人・団体等とは無関係であることをお断りいたします。

ガラス作品　松本裕子
写真　中村早
装丁　大久保伸子

千早茜（ちはや・あかね）

一九七九年北海道生まれ。幼少期をアフリカで過ごす。立命館大学文学部卒業。二〇〇八年『魚神』で小説すばる新人賞を受賞し、デビュー。翌年、同作にて泉鏡花文学賞を受賞。二〇一三年『あとかた』で島清恋愛文学賞、二〇二一年『透明な夜の香り』で渡辺淳一文学賞、二〇二三年『しろがねの葉』で直木賞を受賞。著書に、『男ともだち』『わるい食べもの』『神様の暇つぶし』『ひきなみ』など多数。

赤《あか》い月《つき》の香《かお》り

二〇二三年　四　月三〇日　第一刷発行
二〇二四年　七　月一六日　第五刷発行

著　者　千《ち》早《はや》　茜《あかね》
発行者　樋口尚也
発行所　株式会社集英社
〒一〇一-八〇五〇
東京都千代田区一ツ橋二-五-一〇
電話　〇三-三二三〇-六一〇〇（編集部）
〇三-三二三〇-六〇八〇（読者係）
〇三-三二三〇-六三九三（販売部）書店専用
印刷所　TOPPAN株式会社
製本所　加藤製本株式会社

定価はカバーに表示してあります。

ISBN978-4-08-771832-4 C0093

千早茜の本

魚神《いおがみ》

遊女屋が軒を連ねる小さな島。美貌の姉弟は引き裂かれ、
姉は女郎、弟は男娼を経て薬売りとして生きている。二人の運命が島の
「雷魚伝説」と交錯し……。小説すばる新人賞・泉鏡花文学賞受賞作。

おとぎのかけら
新釈西洋童話集

「白雪姫」「シンデレラ」「みにくいアヒルの子」……
誰もが知っている西洋童話をモチーフに紡がれた、
耽美で鮮烈な現代のおとぎ話七編。恐ろしくも美しい短編集。

人形たちの白昼夢

青いリボンに誘われて迷い込むのは、残酷で美しい「ここではないどこか」。
嘘をつけない男と嘘しかつかない女が出会ったとき、物語は動き出す。
リアルと幻想が溶けあうような12編。

わるい食べもの

「食」をテーマに、著者の幼少期の記憶から創作の裏側まで
多彩につづる初のエッセイ集。グルメ情報が氾濫する今だからこそ、
「わるい」を追求することで食の奥深さを味わう意欲作。

透明な夜の香り

元・書店員の若宮一香がはじめた新しいバイトは、古い洋館の家事手伝い。
そこでは調香師の小川朔が、完全紹介制の「香り」のサロンを開いていた。
天才調香師のもう一つの物語。渡辺淳一文学賞受賞作。